세마리 토끼 잡는 독서 논술

A5

초1~초2

저자: 지에밥 창작연구소_

'지에밥'은 '찐 밥'이라는 뜻을 가진 순우리말로, 감주 · 막걸리 · 인절미 등 각종 음식의 재료를 뜻합니다.
'지에밥 창작연구소'는 차지고 윤기 나는 밥을 짓는 어머니의 정성처럼 좋은 내용으로 세상 모든 사람들에게
넉넉하게 쓰일 수 있는 지혜를 선물하고 싶습니다.

이 책을 쓴 지에밥 연구원들_

강영주(지에밥 창작연구소 소장, 빨간펜 논술, 기탄 국어 등 기획 개발), 김경선(동화작가 및 기획 편집자),
김혜란(동화작가, 아동문학가협회 회원), 왕입분(동화작가 및 기획 편집자), 우현옥(동화작가), 이현정(동화작가),
이혜수(기획 편집자), 이현정(동화작가 및 기획 편집자), 정성란(동화작가), 조은정(동화작가 및 기획 편집자),
최성옥(기획 편집자), 한현주(동화작가), 한화주(동화작가), 홍기운(동화작가 및 기획 편집자)

이 책을 감수한 선생님들_

권영민(서울대학교 국어국문학과 교수), 홍준의(서원대학교 과학교육과 교수),
김병구(숙명여자대학교 의사소통센터 교수), 문영진(전북대학교 국어교육과 교수), 조현일(원광대학교 국어교육과 교수),
김건우(대전대학교 국어국문학과 교수), 유호종(서울대학교 철학박사), 구자송(상암고등학교 국어 교사),
김영근(서울과학고등학교 국어 교사), 최영환(여의도고등학교 국어 교사), 구자관(한성과학고등학교 국어 교사),
윤성원(한성과학고등학교 국어 교사), 장원영(세화고등학교 역사 교사), 박영희(대왕중학교 과학 교사),
심선희(서울고등학교 과학 교사), 한문정(숙명여자고등학교 과학 교사)

세 마리 토끼 잡는 독서 논술 A5권

펴낸날 2023년 10월 15일 개정판 제10쇄
지은이 지에밥 창작연구소 | **연구원** 김지연, 조은정, 이자원, 차혜원, 박수희 | **펴낸이** 주민홍 | **펴낸곳** ㈜NE능률 | **디자인** framewalk | **삽화** 김석류(표지, 캐릭터) | **영업** 한기영, 이경구, 박인규, 정철교, 김남준, 이우현 | **마케팅** 박혜선, 남경진, 이지원, 김여진 | **주소** 서울특별시 마포구 월드컵북로 396(상암동) 누리꿈스퀘어 비즈니스타워 10층(우편번호 03925) | **전화** (02)2014-7114 | **팩스** (02)3142-0356 | **홈페이지** www.nebooks.co.kr | **출판등록** 제1-68호
ISBN 979-11-253-3081-3 | 979-11-253-3111-7 (set)

펴낸날 2012년 3월 1일 1판 1쇄
기획 개발 지에밥 창작연구소 | **디자인 기획 진행** 고정선 | **디자인** 유정아, 박지인, 이가영, 김지희 | **삽화** 오유선, 안준석, 정현정, 윤은하, 김민석, 윤찬진, 정효빈, 김승민

제조년월 2023년 10월 **제조사명** ㈜NE능률 **제조국** 대한민국 **사용 연령** 8~9세

〈세 마리 토끼 잡는 독서 논술〉을 펴내며

하루하루 성장하는
내 아이의 모습을 확인하길 바라며

프랑스의 유명한 정신 분석학자이자 철학자인 라캉은 인간이 성장한다는 것은 '상징계'에 편입되는 것이라고 말했습니다. 그가 말한 상징계란 '언어를 매개로 소통하는 체계'를 의미하는데, 우리가 살아가는 세상 혹은 사회가 바로 그것입니다. 결국 한 아이가 태어나서 정신적으로 성장하는 아동기에서 가장 중요한 것은 언어로 소통하는 능력을 키우는 일입니다. 〈세 마리 토끼 잡는 독서 논술〉은 이와 같은 점에 주목하여 기획하고 구성하였습니다.

첫째, 문자 언어를 비롯하여 그림, 도표 등 다양한 상징체계를 이해하는 과정을 통해 통합적인 언어 이해력을 키울 수 있도록 하였습니다.

둘째, 텍스트 이해력뿐만 아니라 추론 능력, 구성(표현) 능력, 비판적 사고 능력 등을 통합적으로 길러서 여러 가지 문제를 해결하는 데 실질적으로 도움이 될 수 있도록 하였습니다.

셋째, 초등 교육과정의 핵심 내용과 밀접하게 연계되도록 설계하였습니다.

부모님보다 더 훌륭한 스승은 없습니다. 〈세 마리 토끼 잡는 독서 논술〉은 부모님 이외의 다른 어떤 선생님도 필요 없습니다. 이 학습 프로그램을 통해서 하루하루 성장하는 내 아이의 모습을 확인하는 기쁨을 누리시길 바랍니다.

세 마리 토끼 잡는 독서논술 이란?

어떤 책인가요?

하나의 주제와 관련된 다양한 글(동화, 시, 수필, 만화, 논설문, 설명문, 전기문 등)을 읽고 통합 교과적인 문제를 풀면서 감각적 언어 능력(작품의 이해와 감상)과 논리적 이해 능력(비문학의 구조, 추론, 적용 등), 국어 지식(어휘, 문법 등), 사회와 과학 내용 등을 통합적으로 익히는 독서 논술 프로그램 학습지입니다.

몇 단계, 몇 권인가요?

〈세 마리 토끼 잡는 독서 논술〉은 다음과 같이 총 5단계, 25권입니다.

단계	P단계	A단계	B단계	C단계	D단계
대상 학년	유아~초등 1년	초등 1년~2년	초등 2년~3년	초등 3년~4년	초등 5년~6년
권 수	5권	5권	5권	5권	5권

세 마리 토끼란?

'독서', '사고', '통합 교과'의 세 가지 영역을 말합니다. 즉, 한 권의 독서 논술 책으로 다양한 장르의 글을 읽을 수 있고, 논술 문제를 풀면서 사고력을 기를 수 있으며, 초등학교 주요 교과 내용과 연계된 문제를 풀면서 통합 교과 학습을 할 수 있습니다.

하루에 세 장씩 꾸준히 학습하면 세 마리 토끼를 잡을 수 있어요.

하루에 세 장씩 학습하면 한 권을 한 달에 끝낼 수 있어요.

 독서
*각 단계에 맞게 초등학교의 주요 교과 내용을 주제로 정함.
*각 권의 주제와 관련된 글을 언어, 사회, 과학 등으로 나누어 읽을 수 있음.

 사고
*언어, 사회, 과학 등과 관련된 다양한 장르의 글을 읽고 논술 문제를 풀면서 생각하는 능력과 생각하는 폭을 확장할 수 있음.

 통합 교과
*다양한 장르의 글을 읽고 초등학교 국어, 사회, 과학 등의 학습 내용과 관련된 문제를 풀면서 통합 교과 학습을 할 수 있음.

세마리 토끼잡는 독서논술 이런 점이 다릅니다

초등학교 교과 내용과 긴밀하게 연결되어 있습니다.
각 단계의 권별 내용과 문제는 그 단계에 맞는 학년의 주요 교과 내용과 긴밀하게 연결되어 교과 학습에 도움을 줍니다.

하나의 주제를 통합 교과적으로 접근합니다.
각 권마다 하나의 주제가 있고, 그 주제를 언어, 사회, 과학과 연결시켜서 사고를 확장할 수 있게 하였습니다. 그리고 여러 교과와 연계된 문제를 풀면서 통합 교과적인 사고를 할 수 있습니다.

다양한 서술·논술형 문제를 풀 수 있습니다.
매 페이지마다 통합 교과 논술 문제를 제시하여 생각하는 힘과 표현력을 키울 수 있는 것은 물론 학교 시험에서 강화되고 있는 서술·논술형 문제에 대비할 수 있습니다.

다양한 장르의 글을 접할 수 있습니다.
각 주제와 관련된 명작 동화, 창작 동화, 전래 동화, 설화, 설명문, 논설문, 수필, 시, 만화, 전기문 등 다양한 장르의 글을 읽으면서 각 장르의 특성을 체험하며 독서하는 습관을 기를 수 있습니다. 특히 현재 왕성하게 활동하고 있는 여러 동화 작가의 뛰어난 창작 동화가 20여 편 수록되어 있습니다.

수준 높은 그림을 많이 제시하여 흥미롭게 학습할 수 있습니다.
어린이들은 글과 그림이 조화를 이룬 책으로 공부할 때 학습 효과를 높일 수 있습니다. 또한 좋은 그림은 어린이들의 정서 발달에 도움을 줍니다. 이런 점을 생각하여 한 페이지를 넘길 때마다 수준 높은 그림을 제시하여 어린이들이 흥미롭게 학습할 수 있도록 하였습니다.

세 마리 토끼잡는 독서논술은 이렇게 구성되었습니다

독서 전 활동 생각 열기

★ 한 주의 학습을 시작하기 전에 주제와 관련된 사진이나 그림을 보고, 앞으로 학습할 내용에 대해 흥미를 가질 수 있도록 하였습니다.

★ '생각 톡톡'의 문제를 풀면서 주제에 대한 자신의 경험이나 평소 생각을 돌이켜 보며 앞으로 학습할 내용을 짐작할 수 있도록 하였습니다.

★ 통합 교과 활동과 이어질 교과서의 연계 교과를 보며 교과 내용을 참고할 수 있도록 하였습니다.

독서 중 활동 깊고 넓게 생각하기

★ 한 권에 하나의 주제가 있고, 그 주제를 언어, 사회, 과학으로 나누어서 다양한 장르의 글을 읽으며 통합 교과 문제와 논술 문제를 풀 수 있도록 구성하였습니다.

★ 1주는 언어, 2주는 사회, 3주는 과학과 관련된 제재로 구성하였고, 4주는 초등 교과에서 다루고 있는 여러 가지 장르별 글쓰기(일기, 동시, 관찰 기록문, 기행문, 독서 감상문, 기사문, 논설문, 설명문, 희곡 등)와 명화 감상, 체험 학습 등의 통합 교과 활동으로 구성하였습니다.

독서 후 활동 생각 정리하기

되돌아봐요

★ 앞에서 읽은 글을 돌이켜 보면서 이야기의 흐름과 중심 생각을 파악하고, 더 나아가 자신의 생각을 발전시키는 문제를 풀 수 있도록 하였습니다. 이를 통해 한 주 동안 읽고 생각한 내용을 머릿속에서 차근차근 정리할 수 있습니다.

내가 할래요

★ 주제와 관련된 여러 가지 활동을 하며 한 주의 학습을 마무리할 수 있도록 하였습니다. 종이접기, 편지 쓰기, 그림 그리기 등 재미있는 활동을 하며 창의력과 상상력을 키울 수 있습니다.

★ 한 주의 학습이 끝난 다음 체크 리스트를 통해 학습한 주요 내용을 잘 이해하고 적용할 수 있는지 평가할 수 있습니다.

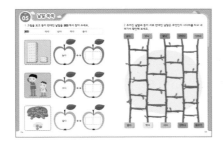

낱말 쏙쏙 (유아 P단계)

★ 한 주 동안 글을 읽으며 새로이 배운 낱말들을 그림과 더불어 살펴보고 익힐 수 있습니다.

궁금해요 (초등 A~D단계)

★ 한 주 동안 읽은 글이나 주제와 관련된 배경지식을 제공하여 앞에서 학습한 내용을 좀 더 깊이 이해할 수 있습니다.

세마리 토끼잡는 독서논술의 커리큘럼

단계	권	주제	제재			
			언어(1주)	사회(2주)	과학(3주)	통합 활동 장르별 글쓰기(4주)
P (유아 ~초1)	1	나의 몸 살피기	뾰족성의 거울 왕비	주먹이	구슬아, 어디로 가니?	몸 튼튼, 마음 튼튼
	2	예절 지키기	여우와 두루미	고양이가 달라졌어요	비비네 집으로 놀러 와!	안녕하세요?
	3	친구와 사귀기	하얀 토끼, 까만 토끼	오성과 한음	내 친구를 자랑합니다!	거꾸로 도깨비 나라
	4	상상의 즐거움	헤라클레스의 모험	용용 죽겠지?	나는야 좋은 바이러스	상상이 날개를 달았어요
	5	정리와 준비의 필요성	지우개야, 고마워!	소가 된 게으름뱅이	개미 때문에, 안 돼~!	색깔아, 모양아! 여기 모여라!
A (초1 ~초2)	1	스스로 하기	내가 해 볼래요!	탈무드로 알아보는 스스로 하는 힘	우리도 스스로 잘 살아요	일기를 써 봐요
	2	가족의 소중함	파랑새	곰이 된 아빠	동물들의 특별한 아기 기르기	편지를 써 봐요
	3	놀이의 즐거움	꼬부랑 할머니와 흰 눈썹 호랑이	한 번도 못 해 본 놀이	동물 친구들도 노는 게 좋대요	머리가 좋아지는 똑똑한 놀이
	4	계절의 멋	하늘 공주가 그린 사계절	눈의 여왕	나뭇잎을 관찰해요	동시를 써 봐요
	5	자연 보호	세모산 솔이	꿀벌 마야의 모험	파브르 곤충기 (송장벌레)	관찰 기록문을 써 봐요
B (초2 ~초3)	1	학교생활	사랑의 학교	섬마을 학교가 좋아졌어요	우리 반 사고뭉치 기동이	소개하는 글을 써 봐요
	2	호기심 과학	불개 이야기	시턴 "동물기" (위대한 통신 비둘기 아노스)	물을 훔쳐 간 범인을 찾아라!	안내하는 글을 써 봐요
	3	여행의 즐거움	하나의 빨간 모자	15소년 표류기	갯벌 탐사 여행	기행문을 써 봐요
	4	즐거운 책 읽기	행복한 왕자	멸치 대왕의 꿈	물의 여행	독서 감상문을 써 봐요
	5	박물관 나들이	민속 박물관에는 팡이가 산다	재미있는 세계 이야기 박물관	과학관으로 놀러 오세요	광고하는 글을 써 봐요

단계	권	주제	제재			
			언어(1주)	사회(2주)	과학(3주)	통합 활동 장르별 글쓰기(4주)
C (초3 ~초4)	1	교통의 발달	자동차의 왕, 헨리 포드	당나귀를 타려다가……	교통수단, 사람들 사이를 잇다	명화 속 교통수단
	2	날씨와 환경	그리스 로마 신화	북극 소년 피터	생활 속 과학	날씨와 생활
	3	나누며 사는 삶	마더 테레사	민들레 국숫집	지진과 화산	주장하는 글을 써 봐요
	4	지역의 자연환경	울산 바위의 유래	우리 마을이 최고야!	아름다운 우리 고장	우리 마을 지도를 그려 봐요
	5	지역의 문화	준치가 메기 된 날	강릉의 딸, 겨레의 어머니 신사임당	우리나라 풀꽃 이야기	지역 특산물을 소개해 봐요
D (초5 ~초6)	1	우리 역사	삼국유사	옛날 사람들은 어떻게 살았을까?	역사를 바꾼 겨레 과학	지붕 없는 박물관, 경주 역사 유적 지구
	2	문화재	반야산 불상의 전설	난중일기	우리 문화에 숨어 있는 과학	설명하는 글은 어떻게 쓸까요?
	3	경제생활	탈무드로 만나는 경제	나눔을 실천한 기업가 유일한	재미있는 확률 이야기	기사문은 어떻게 쓸까요?
	4	정보화 사회	컴퓨터 천재 빌 게이츠	봉수와 파발	컴퓨터와 인터넷 세상	연설문은 어떻게 쓸까요?
	5	세계와 우주	우주를 여행하는 과학자 스티븐 호킹	80일간의 세계 일주	별과 우주	희곡은 어떻게 쓸까요?

각 학년의 교과와 연계된 주제로 다양한 글을 읽을 수 있어요.

세 마리 토끼 잡는 독서논술 이렇게 공부하세요

자신 있게 학습할 수 있는 단계를 선택하세요.

〈세 마리 토끼 잡는 독서 논술〉은 어린이 개인의 능력에 따라 단계를 선택하여 학습할 수 있는 교재입니다. 학년과 상관없이 자신이 자신 있게 학습할 수 있는 단계부터 선택하는 것이 중요합니다. 너무 어려운 단계나 너무 쉬운 단계를 선택하면 학습에 흥미를 잃을 수 있으므로 주의하세요.

한 주 동안 읽어야 할 독서 자료를 미리 읽으세요.

한 주 동안 읽어야 할 독서 자료를 미리 읽고 전체 내용을 파악한 다음, 매일 3장씩 읽고 문제를 푸는 것이 독서 학습을 하는 데 효과적입니다. 독서에는 흐름이 있습니다. 전체의 흐름을 미리 알고 세부적인 문제를 푸는 것이 사고력 확장에 도움이 됩니다.

매일 3장씩 꾸준히 공부하세요.

'가랑비에 옷이 젖는다.'라는 속담처럼 매일 꾸준히 3장씩 읽고, 생각하고, 표현하다 보면 독서, 사고, 통합 교과적 사고 능력이 성장한다는 것을 느낄 수 있을 것입니다. 그리고 매일 학습을 마친 뒤에는 '1일 학습 끝!' 붙임 딱지를 붙이면서 성취감을 느껴 보세요.

한 주 학습을 마친 후 자기 평가를 해 보세요.

한 주 학습이 끝난 다음에는 체크 리스트를 통해 학습한 내용을 얼마나 이해하고 적용할 수 있는지 스스로 평가해 보세요. 그래서 부족한 부분이 있다면 다시 한번 짚고 넘어가세요.

부모님과 깊이 있는 대화를 나누어 보세요.

한 주 동안 독서 자료를 읽고 문제를 풀면서 생각하고 표현해 보았다면, 그 주제에 대해 부모님과 이야기를 나누어 보세요. 주제에 대해 자신이 새롭게 알게 된 것이나 다르게 생각하게 된 것을 부모님과 이야기하다 보면 생각이 더욱 커진답니다.

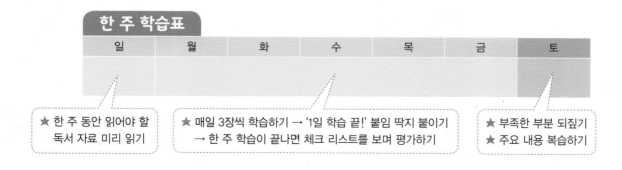

한 주 학습표

일	월	화	수	목	금	토

★ 한 주 동안 읽어야 할 독서 자료 미리 읽기

★ 매일 3장씩 학습하기 → '1일 학습 끝!' 붙임 딱지 붙이기 → 한 주 학습이 끝나면 체크 리스트를 보며 평가하기

★ 부족한 부분 되짚기
★ 주요 내용 복습하기

세마리 토끼 잡는 독서 논술

A단계 5권

주제	주	제목	교과 연계 내용
자연 보호	언어(1주)	세모산 솔이	[국어 2-1] 편지 쓰는 방법 알기 / 인물의 마음을 상상하며 이야기 읽기
			[국어 3-1] 글을 읽고 생각과 느낌을 다른 사람과 나누기
			[통합교과 봄1] 친구와 사이좋게 지내기 / 생명의 소중함 알기 / 꽃과 새싹 살피기 / 나무와 친구 되기
			[안전한 생활] 야외 활동의 위험 요인을 알고 사고 예방하기
			[통합교과 여름2] 곤충이나 식물 조사하기 / 사라져 가는 곤충과 식물 알기 / 녹색 마을 꾸미기
			[통합교과 가을2] 자연에 감사하기
	사회(2주)	꿀벌 마야의 모험	[국어 2-1] 일이 일어난 차례대로 이야기하기 / 인물의 마음을 상상하며 읽기
			[통합교과 봄1] 상황에 맞는 인사말 알기 / 생명의 소중함 알기 / 꽃과 나비, 벌 등 동물이나 식물을 몸으로 표현하기
			[통합교과 여름2] 곤충이나 식물 조사하기 / 곤충과 식물 표현하기 / 벌의 움직임을 생각하며 음악 듣기
	과학(3주)	파브르 곤충기 – 송장벌레 편	[국어 2-2] 글을 읽고 주요 내용 말하기
			[국어 3-1] 원인과 결과를 생각하며 이야기하기 / 글을 읽고 의견 파악하기
			[국어 4-1] 사실과 의견 구분하며 읽기
			[수학 2-2] 시각과 시간 알기
			[통합교과 여름1] 집에서 기를 수 있는 동물 알기
			[통합교과 여름2] 곤충이나 식물 조사하기 / 곤충과 식물 표현하기
	장르별 글쓰기 (4주)	관찰 기록문을 써 봐요	[국어 2-2] 인상 깊었던 일을 생각이나 느낌이 잘 드러나게 글쓰기
			[국어 3-1] 원인과 결과의 관계를 고려하며 말하기
			[국어 3-2] 대상의 특징이 잘 드러나게 소개하기
			[수학 3-1] 덧셈과 뺄셈 알기 / 시간과 길이 비교하기
			[통합교과 봄1] 생명의 소중함 알기 / 꽃과 새싹이 자라게 돕는 것 알기 / 새싹을 관찰하고 기록하기
			[통합교과 여름1] 집에서 기를 수 있는 동물과 식물 알기
			[통합교과 여름2] 곤충이나 식물 조사하기 / 곤충과 식물 표현하기

생각톡톡 산에 사는 소나무에게는 어떤 친구들이 있을지 상상하여 써 보세요.

관련교과 **[통합교과 봄1]** 친구와 사이좋게 지내기 / 생명의 소중함 알기 / 나무와 친구 되기
[통합교과 여름2] 사라져 가는 곤충과 식물 알기 / 녹색 마을 꾸미기

세모산 솔이

세모산 솔이

나는야 세모산의 귀염둥이.

조용한 세모산이 나는 좋아.

깨끗한 세모산이 나는 좋아.

친구들이 많아서 더욱 좋아.

어린 소나무 솔이는 노래를 불렀어요.

"오늘은 친구들이 왜 이렇게 안 오지?"

솔이는 산 아래쪽을 내려다보았어요.

하지만 친구들 모습은 보이지 않았지요.

솔이가 실망한 얼굴로 가지를 축 늘어뜨릴 때였어요.

"솔이야!"

누군가 솔이를 불렀어요.

※ 실망: 바라던 일이 뜻대로 되지 않아서 마음이 몹시 상함.

언어 1. 솔이의 노래를 듣고, 솔이가 세모산을 좋아하는 까닭을 바르게 말한 두 친구를 찾아 ○표 하세요.

(1)
세모산이 크고 아름답기 때문이야.

(   )

(2)
세모산이 조용하고 깨끗하기 때문이야.

(   )

(3)
세모산에는 솔이의 친구들이 많기 때문이야.

(   )

과학탐구 2. 솔이는 어린 나무입니다. 다 자라 어른이 된 솔이의 모습은 어느 것인가요? (   )

①

소나무

②

개나리

③

단풍나무

논술 3. 솔이는 친구를 기다리며 노래를 불렀습니다. 여러분은 어떤 때 노래를 부르는지 보기 와 같이 써 보세요.

보기 나는 <u>친구가 보고 싶을 때</u> 노래를 부릅니다.

나는 ....

....

....

노래를 부릅니다.

13

"토실아, 어서 와!"

솔이는 산토끼 토실이가 정말 반가웠어요.

토실이가 전해 주는 세상 소식들이 아주 많이 궁금했거든요.

"토실아, 어제 본 그 바퀴 달린 괴물을 또 보고 왔니?

그리고 어마어마하게 크다는 그 공장에는 가 봤어?"

솔이는 토실이가 자리에 앉기도 전에 물었어요.

"공장에는 못 가 봤어. 하지만 괴물은 보았지."

솔이는 괴물 이야기가 궁금해서 가는 잎을 흔들어 댔어요.

"사람들은 그 괴물을 자동차라고 불러.

그 괴물은 정말 바람처럼 빨리 달려.

그런데 말이야, 걔는 방귀 냄새가 엄청 심하더라."

솔이는 토실이의 이야기에 시간 가는 줄 몰랐어요.

※ **괴물**: 괴상하게 생긴 물체.

1. 토실이가 말한 '괴물'의 특징을 두 가지만 찾아 ○표 하세요.

(1) 바퀴가 달려 있습니다. (　　　)

(2) 바람처럼 빨리 달립니다. (　　　)

(3) 무엇이든지 꿀꺽 잡아먹습니다. (　　　)

(4) 날카로운 소리를 내며 어마어마하게 큽니다. (　　　)

 2. 다음 중 토실이가 이야기한 '공장'에서 만드는 물건으로 알맞지 않은 것은 어느 것인가요? (　　　)

①

벼

②

자동차

③

장난감

 3. 솔이는 토실이의 이야기를 듣는 것이 재미있어서 시간 가는 줄 몰랐습니다. 여러분은 무엇을 할 때 시간 가는 줄 모르는지 보기 와 같이 써 보세요.

보기

나는 <u>토실이와 이야기할 때</u> 시간 가는 줄 모릅니다.

 나는 _____ 시간 가는 줄 모릅니다.

솔이는 토실이가 전해 주는 세상 이야기를 매일 듣고 싶었어요.

하지만 하룻밤만 자고 또 놀러 오겠다던 토실이는

*사흘이 되어서야 핼쑥해진 얼굴로 나타났어요.

"토실아, 너 어디 아팠니?"

솔이가 묻자 토실이는 힘없이 고개를 끄덕였어요.

"산 아래쪽에 사는 친구 중에서 병에 안 걸린 친구가 별로 없어."

"뭐라고? 그게 무슨 말이야?"

솔이가 깜짝 놀라며 물었어요.

"산 아래 커다란 공장에서 썩은 물이 나온다나 봐.

그리고 자동차가 뀌는 고약한 방귀는 몸에 아주 나쁜 거래."

토실이는 콜록콜록 기침을 하며 말했어요.

솔이는 집으로 돌아가는 친구의 뒷모습을 걱정스레 바라보았어요.

＊ 사흘: 세 날.

🐰 언어 1. 토실이는 하룻밤만 자고 오겠다고 하더니 사흘 후에 왔습니다. '사흘'과 같이 날짜를 세는 우리말을 빈칸에 알맞게 써 보세요.

1일	2일	3일	4일	5일
하루	(1)	사흘	(2)	(3)

🐰 언어 2. 토실이가 솔이에게 하룻밤만 자고 놀러 오기로 한 약속을 지키지 못한 까닭은 무엇인가요? (   )

① 솔이가 싫어졌기 때문에

② 병에 걸려서 아팠기 때문에

③ 병에 걸린 친구들을 치료해야 했기 때문에

🐰 논술 3. 다음 그림을 보고, 공장에서 나오는 썩은 물과 연기, 자동차의 고약한 방귀인 배기가스가 오염시키는 것은 무엇인지 써 보세요.

(1)

(2)

"솔이야, 안녕!"

산비둘기가 솔이의 가지에 힘없이 내려앉으며 인사했어요.

그리고 슬픈 표정으로 다른 친구의 소식을 전해 주었어요.

"오소리가 다리를 절룩이면서 이사를 하고 있어."

산비둘기의 말에 솔이는 깜짝 놀랐어요.

"오소리가 왜 이사를 해? 그리고 다리는 왜 절룩이고?"

"달리는 자동차에 치여 다리를 다쳤대.

그래서 세모산이 싫어 떠나는 거래."

"뭐라고?"

"자동차 때문에 위험해지고, 공장에서 내보내는 매운 연기와 독한 물로

공기랑 물이 오염되어서 모두들 힘들어하고 있어.

이제 세모산은 더 이상 우리들의 좋은 보금자리[*]가 아니야."

산비둘기는 이렇게 말하고는 한숨을 쉬며 날아갔어요.

※ **보금자리**: 새가 알을 낳거나 깃들이는 곳. 지내기에 매우 포근하고 아늑한 곳을 비유적으로 이르는 말.

과학
탐구 **1.** 다음 중 산비둘기가 솔이에게 소식을 전해 준 동물을 찾아 ◯표 하세요.

(1) 너구리 (　　　　) (2) 오소리 (　　　　) (3) 두더지 (　　　　)

언어 **2.** 다음 중 동물들이 세모산에서 살기 어렵게 된 까닭 두 가지를 고르세요. (　　　　　)

① 자동차 때문에 위험해져서

② 동물 친구들끼리 자주 싸워서

③ 공장 때문에 공기와 물이 나빠져서

논술 **3.** 세모산에서 살기 힘들어진 오소리가 결국 이사를 가게 되었습니다. 오소리의 안타까운 소식을 여러분이 휴대 전화의 문자 메시지를 이용해서 세모산 친구들에게 전해 보세요.

오소리의 소식을 빨리 전해 줘야지.

✉ 메시지　　　ɪɪɪ

세모산 친구들에게

'오소리는 괜찮을까? 토실이는 병이 다 나았을까?'

산비둘기가 다녀간 뒤부터 솔이는 안절부절못했어요.

'나도 다리가 있다면 친구들을 만나러 달려갈 텐데……'

그때 힘없이 솔이를 부르는 토실이의 목소리가 들렸어요.

"솔이야, 너한테 작별* 인사를 하러 왔어."

"뭐라고? 토실아, 그게 무슨 소리야?"

"공장에서 나오는 썩은 물이 넘쳐서 우리 집까지 흘러들었어.

그리고 자동차가 내뿜는 방귀 때문에 숨을 쉴 수도 없고. 콜록콜록!"

토실이는 이사를 가려고 서둘러 뛰어가며 말했어요.

"안녕, 솔이야! 병이 나으면 다시 놀러 올게."

"안녕, 토실아! 빨리 나아야 해."

토실이가 사라지자 솔이는 훌쩍훌쩍 눈물을 흘렸어요.

※ **작별**: 인사를 나누고 헤어짐.

1. 솔이는 왜 다리가 있기를 바랐을까요? (   )

① 운동을 하고 싶어서

② 자신의 생김새가 싫어서

③ 친구들을 만나러 가고 싶어서

 2. 토실이가 솔이에게 작별 인사를 한 까닭을 알맞게 말한 친구는 누구인가요? (   )

① 솔이가 보기 싫어져서야.

② 토실이가 이웃과 싸워서 이사를 가야 해서야.

③ 공장과 자동차로 생긴 오염 때문에 이사를 가야 해서야.

 3. 동물들과 달리 다리가 없는 나무 솔이는 다리가 있기를 바랍니다. 만약 나무에게 다리가 있다면 어떤 일이 벌어질지 상상하여 보기 와 같이 써 보세요.

보기   경치가 좋은 여러 산들을 옮겨 다니며 구경을 할 것입니다.

> 다리가 있으면 친구들을 만나러 갈 수 있어!

혼자 남은 솔이는 외롭고 쓸쓸했어요.

'친구들은 잘 지내고 있을까?'

솔이가 눈을 감고 친구들 생각에 빠져 있을 때였어요.

산 아래쪽에서 두런두런 말소리가 들리더니 사람들이 나타났어요.

"어떻습니까? 이 산을 깎아서 건물을 세우면 괜찮겠지요?"

"그거 좋은 생각인데요."

"여기라면 틀림없이 돈을 많이 벌 수 있겠군요."

"그럼 당장 서둘러 진행합시다."

사람들은 고개를 끄덕이며 이야기를 나누었어요.

사람들의 이야기를 듣던 솔이는 한숨이 나왔어요.

'어휴, 산을 깎으면 이곳에 사는 우리들은 어떡하라고.

정말 자기들 생각만 하는 [*]양심 없는 사람들이야.'

※ **양심**: 자신이 하는 행동이 옳은지 그른지를 도덕적 기준으로 판단하는 마음.

1. 이 글에서 사람들은 왜 산을 깎으려고 하나요? (　　　)

① 병든 세모산을 살리려고

② 건물을 세우고 돈을 벌려고

③ 세모산 동물들이 살기 좋게 하려고

1주 2일
학습 끝!

붙임 딱지 붙여요.

 2. 산을 마구잡이로 깎으면 어떤 일이 일어나는지 바르게 말한 친구는 누구인가요? (　　　)

① 산속 동물들이 살던 곳이 파괴됩니다.

② 자연의 경치를 오래 보존할 수 있습니다.

③ 건물을 짓는 데 필요한 돈을 많이 내야 합니다.

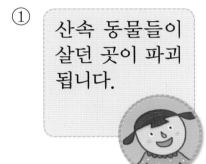 **3.** 솔이는 자신들의 이익을 위해 산을 깎으려는 사람들에게 양심이 없다고 했습니다. 여러분이라면 어떤 말을 해 주고 싶은지 보기 와 같이 써 보세요.

보기 산에서 쭉 살아온 우리들 생각은 전혀 안 하는 양심 없는 사람들이군요.

23

다음 날 이른 아침이었어요.

"아악, 살려 줘!"

"이게 무슨 일이지? 도대체 왜 우리를 베는 거야?"

솔이는 나무 친구들의 비명 소리에 눈을 번쩍 떴어요.

덩치 큰 나무들이 날카로운 기계와 도구로 베이고 있었어요.

"드르륵, 쾅! 드르르르, 쾅! 쾅!"

나무를 베어 낸 사람들은 커다란 차를 가져와 산을 깎기 시작했어요.

"아얏!"

솔이도 뿌리가 떨어져 나가고 말았어요.

솔이는 너무 무서워서 온몸이 와들와들 떨렸어요.

파헤쳐진 세모산 위로 비가 주룩주룩 내리기 시작했어요.

※ **비명**: 일이 매우 위험하고 급할 때나 두려움을 느낄 때 지르는 짧은 소리.

24

과학
탐구
1. 사람들은 이른 아침부터 나무를 베었습니다. 나무를 베는 데 쓰이는 도구가 <u>아닌</u> 것을 찾아 ◯표 하세요.

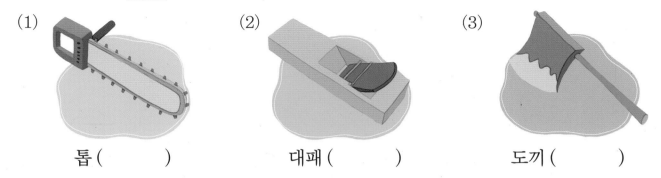

(1) 톱 (   )

(2) 대패 (   )

(3) 도끼 (   )

언어
2. 다음 문장의 밑줄 친 말 가운데 흉내 내는 말이 <u>아닌</u> 것은 어느 것인가요? (   )

① "<u>도대체</u> 왜 우리를 베는 거야?"

② 솔이는 너무 무서워서 온몸이 <u>와들와들</u> 떨렸어요.

③ 파헤쳐진 세모산 위로 비가 <u>주룩주룩</u> 내리기 시작했어요.

논술
3. 사람들이 산을 깎고 나무를 베자 솔이는 무서워서 와들와들 떨었습니다. 여러분이 가장 무서워하는 것은 무엇인가요? 보기 와 같이 써 보세요.

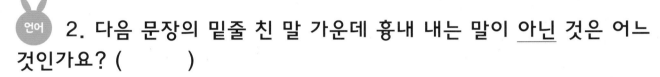

보기   나는 밤에 형이 귀신 장난을 하는 것이 가장 무섭습니다.

다음 날, 그다음 날도 비는 그칠 줄을 몰랐어요.

거센 빗줄기에, 파헤쳐진 산이 와르르 무너지기 시작했지요.

"와르르, 와르르, 쿵쾅! 쾅!"

무너져 내리는 흙더미는 산 아랫마을을 덮치고 말았어요.

"아, 살려 주세요!"

흙더미에 휩쓸려 솔이가 넘어지며 외쳤어요.

솔이는 가지가 부러지고 뿌리가 드러난 채

흙더미에 쓸려 어느 집 망가진 담벼락에 처박히고 말았어요.

"이제 어떻게 살아야 해요? 산사태로 집이 무너져 버렸으니!"

"길도 끊겼어요!"

정신을 잃은 솔이에게 담벼락 너머 사람들의 *탄식 소리가 들렸어요.

※ **산사태**: 비나 지진, 화산 등으로 산 중턱의 바윗돌이나 흙이 갑자기 무너져 내리는 것.
※ **탄식**: 실망하여 한숨을 쉼.

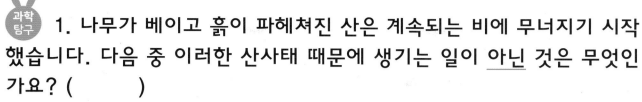

과학 탐구 1. 나무가 베이고 흙이 파헤쳐진 산은 계속되는 비에 무너지기 시작했습니다. 다음 중 이러한 산사태 때문에 생기는 일이 <u>아닌</u> 것은 무엇인가요? (　　　)

①
꽃이 핍니다.

②
집이 무너집니다.

③
도로가 끊깁니다.

언어 2. 이 글에서 마을 사람들은 왜 탄식을 하였을까요? (　　　)

① 세모산 동물들이 모두 떠나서

② 많은 비가 내리는 것이 기뻐서

③ 산사태 때문에 앞으로의 일이 걱정되어서

논술 3. 세모산 아랫마을처럼 길이 끊기면 사람들은 많이 불편할 것입니다. 어떤 점이 불편할지 생각하여 보기 와 같이 써 보세요.

> 보기　　　길이 끊기면 이웃이나 친척에게 갈 수 없습니다.

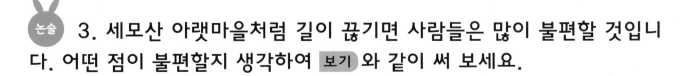

"어서어서 흙을 퍼내고 담을 수리합시다."

솔이가 가까스로 눈을 떴을 때

삽으로 부지런히 흙을 퍼내는 할머니와 할아버지가 보였어요.

"쯧쯧, 어린 나무가 얼마나 괴로웠을꼬."

흙더미를 퍼내던 할아버지가 솔이를 발견하고 삽질을 멈췄어요.

그리고 뿌리가 드러난 솔이를 집어 올렸지요.

"오랫동안 뿌리가 드러나 있었나 봐요. 잎이 시들시들하네요."

할머니가 솔이를 살펴보며 말했어요.

"산사태로 우리는 집이 망가졌지만, 이 나무는 고향*을 잃었구려."

할아버지는 솔이를 보며 안타까워했어요.

"벌써 죽었을까요?"

"일단 땅에 묻어 주구려. 뿌리가 물기를 빨아들여 살아날지도 모르니."

할아버지가 솔이를 할머니에게 건네며 말했어요.

※ **고향**: 자기가 태어나서 자란 곳.

과학 탐구 1. 흙더미 속에 거꾸로 처박혀 있던 솔이는 잎이 시들시들해졌습니다. 솔이가 시들해진 까닭은 무엇일까요? (　　　)

① 잎이 물을 빨아들이지 못해서

② 줄기가 물을 빨아들이지 못해서

③ 뿌리가 물을 빨아들이지 못해서

언어 2. 할아버지가 솔이를 보며 안타까워한 까닭을 바르게 말한 친구를 찾아 ◯표 하세요.

(1) 솔이가 너무 작기 때문이야.

(　　　)

(2) 솔이가 친구가 없기 때문이야.

(　　　)

(3) 솔이가 고향을 잃었기 때문이야.

(　　　)

논술 3. 솔이는 한동안 거꾸로 처박힌 채 지냈습니다. 만약 세상을 거꾸로 본다면 어떻게 보일까요? 그 모습을 상상하여 그려 보고, 생각이나 느낌을 써 보세요.

할머니는 어느새 화분을 하나 주워 왔어요.

"이 정도면 좋은 집이 되겠지?"

여기저기 조금씩 깨지긴 했지만 꽤 예쁜 화분이었어요.

'아, 내게 새 보금자리가 생기는 거야?'

솔이는 신기한 눈으로 화분을 살펴보았어요.

할머니는 화분을 깨끗이 닦고, 세모산에서 쓸려 온 흙을 모아

토닥토닥 화분 안을 든든하게 채웠어요.

"소나무야, 꼭 살아나야 한다."

할머니는 솔이를 화분에 넣고 흙을 꾹꾹 다독이며 중얼거렸어요.

그리고 물을 알맞게 뿌려 준 뒤 마당 한쪽에 놓아두었지요.

솔이는 긴장이 풀렸는지 스르르 깊은 잠에 빠졌어요.

※ 긴장: 마음을 조이고 정신을 바짝 차림.

과학탐구 1. 할머니는 솔이를 화분에 심어 주었습니다. 다음 중 솔이와 같은 나무가 살아가기 위해 꼭 필요한 것을 두 가지 골라 ◯표 하세요.

(1) 흙 (　　　)　　　(2) 물 (　　　)　　　(3) 바위 (　　　)

언어 2. 할머니는 "이 정도면 좋은 집이 되겠지?"라고 말했습니다. 여기에서 말하는 '좋은 집'은 무엇을 가리키는지 보기 에서 찾아 쓰세요.

| 보기 | 물속　　　　화분　　　　담벼락　　　　세모산 |

　　　　　　　　　　　　　　　　　(　　　　　　　　　)

논술 3. 할머니가 솔이를 심어 준 것처럼 나무를 화분에 심으려고 합니다. 이 글을 다시 보며 나무를 심는 과정이 드러나도록 빈칸에 알맞은 말을 각각 써 보세요.

화분에 ☐ 을(를) 반쯤 채우고 뿌리가 상하지 않게 나무를 넣습니다. 그리고 나머지 흙을 뿌리 위에 덮고 꾹꾹 눌러 줍니다. 그런 뒤 알맞은 양의 ☐ 을(를) 뿌려 줍니다.

"친구야, 어서 일어나!"

"눈을 떠 봐!"

솔이는 어디선가 들리는 정다운 목소리에 겨우 눈을 떴어요.

"얘들아, 어디 있는 거야?"

솔이는 세모산 친구들인가 싶어서 고개를 들려고 했어요.

하지만 기운이 없었어요.

"어서 물을 마셔! 물을 마시고 기운을 내!"

솔이는 친구들의 말에 힘을 얻어 뿌리로 힘껏 물을 빨아들였어요.

"쪼옥쪼옥!"

물을 마시고 조금 기운을 차린 솔이는 천천히 고개를 들었어요.

"어이구, 금세 싱싱해졌구나!"

할머니는 반가워하며, 집을 수리하고 있던 할아버지를 불렀어요.

언어 1. 다음 문장을 원고지에 바르게 옮겨 쓴 것은 어느 것인가요?

(   )

> "눈을 떠 봐!"

①

	"눈	을		떠		봐	!"			

②

	"	눈	을		떠		봐	!"		

③

	"	눈	을		떠		봐	!	"	

과학 탐구 2. 솔이가 물을 마시기 전과 물을 마신 후 달라진 모습으로 알맞은 것에 ◯표 하세요.

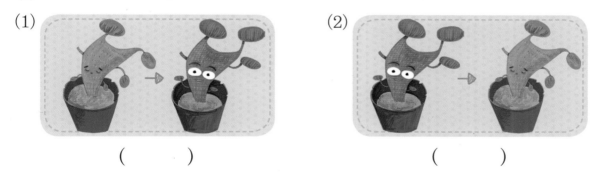

(1)   (   )   (2)   (   )

논술 3. 솔이는 이제 막 기운을 차렸습니다. 여러분이 솔이에게 용기를 주는 글을 쪽지에 적어 솔이에게 매달아 주세요.

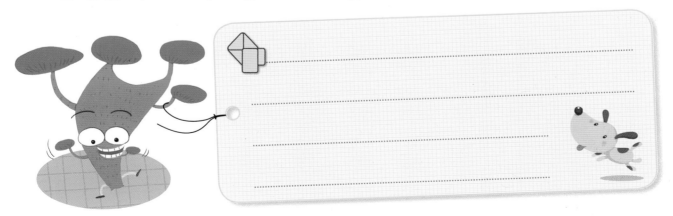

"이 어린 소나무가 살아난 것 좀 보세요."

할머니가 할아버지에게 말했어요.

"참 대견하군. 우리도 더욱 기운을 차려서 집을 고칩시다."

할아버지가 웃으며 말했어요.

마당의 친구들은 솔이에게 인사를 건넸어요.

"소나무야, 반가워! 난 세숫대야라고 해."

세숫대야가 인사를 하자 바가지, 수도꼭지, 장독대의 항아리들과

크고 작은 화분의 나무들도 앞다투어 인사를 했어요.

"네가 정신을 잃고 있을 때 얼마나 걱정했는 줄 알아?"

솔이는 그제야 자신을 깨운 것이 마당의 친구들이었다는 걸 알았어요.

"안녕, 반가워!"

새 친구들을 만난 솔이의 얼굴에 잔잔한 미소가 피어났어요.

따뜻한 햇살이 마당 가득 환하게 비추어 주었답니다.

＊ **장독대**: 장독 따위를 두려고 뜰 안에 좀 높직하게 만들어 놓은 곳.

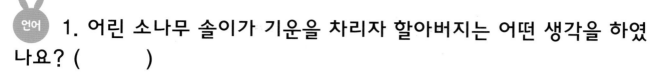

1. 어린 소나무 솔이가 기운을 차리자 할아버지는 어떤 생각을 하였나요? (   )

① 솔이를 잘 보살펴야겠다고 생각했습니다.

② 깨진 화분을 손보아야겠다고 생각했습니다.

③ 더욱 기운을 차리고 집을 고쳐야겠다고 생각했습니다.

2. 솔이는 할아버지네 마당에 살고 있는 새 친구들을 만났습니다. 마당에 가면 무엇을 볼 수 있는지, (   ) 안에 알맞은 말을 넣어 '마당에 가면'으로 시작하는 '말 덧붙이기 놀이'를 해 보세요.

 마당에 가면 <u>수돗가</u>도 있고,

 마당에 가면 <u>수돗가</u>도 있고, <u>장독대</u>도 있고,

 마당에 가면 <u>수돗가</u>도 있고, <u>장독대</u>도 있고, (   )도 있고,

3. 솔이는 할아버지네 집에서 새 친구들을 만났습니다. 솔이는 그 후 어떻게 되었을지 이어질 이야기를 상상하여 써 보세요.

I '세모산 솔이'를 읽고, 일이 일어난 순서대로 번호를 써 보세요.

(1)

사람들이 나무를 베었습니다.

(2)

할머니가 솔이를 화분에 심었습니다.

(3)

솔이는 세모산에서 즐겁게 지냈습니다.

(4)

병든 토실이가 세모산을 떠났습니다.

(5)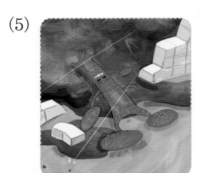

비가 오고 산사태가 났습니다.

(6)

솔이는 새로운 친구들을 만났습니다.

(   ) → (   ) → (   ) → (   ) → (   ) → (   )

2 다음 중 솔이의 친구를 모두 찾아 ○표 해 보세요.

3 이 이야기에는 환경 오염과 개발 때문에 산에 사는 동식물들이 힘들어하는 모습이 나타나 있습니다. 빈칸에 알맞은 낱말을 보기 에서 찾아 써 보세요.

보기　　　물　　　도시　　　공기　　　산사태　　　보금자리

(1) 공장에서 나오는 나쁜 물은 _____을(를) 오염시킵니다.

(2) 자동차에서 나오는 매연은 _____을(를) 오염시킵니다.

(3) 건물을 짓기 위해 산을 깎으면 동물들의 _____이(가) 오염됩니다.

4 산사태가 난 후 솔이가 할아버지 집에 새 보금자리를 얻게 되면서 세모산 친구 토실이를 만나지 못했습니다. 여러분이 솔이가 되어 토실이에게 안부를 전하는 편지를 써 보세요.

토실이에게

친구 솔이가

37

궁금해요

나무의 고마움을 생각해 봐요!

이웃집 마당에도, 차가 쌩쌩 달리는 도로의 길가에도, 어디든 눈을 돌리면 쉽게 나무를 만날 수 있어요. 하지만 우리는 나무의 소중함을 자주 잊고 살아요. 나무가 우리에게 주는 고마움을 다시 한번 생각해 봐요.

나무는 공기를 깨끗하게 해 주어요

나무는 사람이 숨 쉬는 데 꼭 필요한 산소를 만들어 주어요. 그래서 나무가 많은 곳에 가면 기분이 상쾌해지지요. 도시의 큰길가에는 대부분 나무들이 있어요. 도시의 공기는 자동차의 매연 때문에 무척 더러워요. 그래서 공기를 깨끗하게 해 주는 나무를 심은 거랍니다.

나무는 산사태와 홍수를 막아 주어요

나무가 없는 민둥산에 큰비가 내리면 산이 쉽게 허물어질 수 있어요. 이것을 '산사태'라고 하는데, 산사태가 나면 산 아래 있는 마을은 큰 피해를 입지요.

하지만 나무가 빽빽한 산은 아무리 큰비가 내려도 허물어질 걱정이 없어요. 나무의

▲ 뿌리로 흙을 잡아 주는 나무

뿌리들이 단단하게 얽혀 흙을 잡고 있기 때문이에요. 또한 나무들이 빗물을 뿌리로 빨아들여서 홍수가 나는 일도 막아 주어요.

┃ 이 밖에 나무가 우리에게 주는 이로움을 써 보세요.

환경을 깨끗이 해야 해요!

우리는 매일 숨을 쉬고 물을 마셔야 살 수 있어요. 그러기 위해서는 깨끗한 물, 맑은 공기가 필요하지요. 하지만 오늘날 자동차 배기가스, 공장에서 쏟아져 나오는 폐수와 매연, 넘쳐나는 쓰레기와 무분별한 개발 등으로 우리를 둘러싼 공기, 물, 흙 등 자연은 무척 오염되어 있어요. 우리가 환경을 보호하기 위해서는 어떻게 해야 할까요?

공기 공기를 맑게 하려면 자가용 대신 버스나 지하철과 같은 대중교통을 많이 이용해야 해요. 가까운 거리는 걷거나 자전거를 이용한다면 더욱 좋고요. 또 공기를 맑게 해 주는 나무를 많이 심고 잘 가꾸는 것도 좋은 방법이에요.

물 물을 맑게 하려면 무엇보다 물을 아껴 써야 해요. 샴푸와 같은 세제를 적게 쓰는 노력을 해야 하지요. 공장에서는 사용한 물을 깨끗하게 바꾸어 처리하는 시설을 만들어야 해요.

땅 흙을 깨끗하게 하려면 쓰레기의 양을 줄이고 잘 처리해야 하며, 농사를 지을 때에는 화학 비료나 농약을 사용하지 않아야 해요.

이제 우리 환경을 보호하기 위해 할 수 있는 일을 작은 것부터 찾아 하나씩 실천해 봐요.

---

2 우리는 어떻게 환경을 보호할 수 있을까요? 우리가 실천할 수 있는 환경 보호의 방법으로 알맞은 것을 모두 찾아 ◯표 하고, 실천해 보세요.

(1) 물을 아껴 씁니다. (　　)

(2) 음식을 남기지 않습니다. (　　)

(3) 가까운 길은 자동차 대신 걷거나 자전거를 탑니다. (　　)

내가 할래요

고마운 나무에게 편지를 써 봐요

다음은 솔이와 같은 어느 나무의 이야기입니다. 여러분이 이 그림 속 소년이 되어 나무에게 마음을 담은 편지를 써 보세요.

① 나무와 소년은 서로 사랑하는 친구였습니다.

② 어른이 된 소년이 돈이 필요하다고 하자 나무는 열매를 주었습니다.

③ 소년이 따뜻한 집이 필요하다고 하였을 때 나무는 가지들을 주었습니다.

④ 노인이 된 소년에게 나무는 앉아서 쉴 수 있는 자리를 내주었습니다.

1주
학습 끝!

확인할 내용	잘함	보통임	부족함
1. 이번 주 학습을 5일(월요일~금요일) 안에 끝마쳤나요?			
2. 이야기를 읽고 일이 일어난 원인과 결과를 이해하였나요?			
3. 자연의 소중함과 환경 보호가 필요한 까닭을 이해하였나요?			
4. 우리가 실천할 수 있는 환경 보호의 방법들을 알아보았나요?			

고마운 나무에게

1주 5일
학습 끝!

붙임 딱지 붙여요.

전하는 말

2주

꿀벌 마야의 모험

"꿀벌 마야의 모험"

• 지은이: 발데마어 본젤스
(1881~1952)
독일의 소설가이자 시인. "꿀벌 마야의 모험"이 널리 알려져 있어요.
• 작품 설명: 처음으로 꿀벌 도시 밖으로 나가게 된 꿀벌 마야는 눈부신 바깥세상에 반하고 말았어요. 그리하여 꿀벌 도시를 빠져나와 바깥세상으로 여행을 떠난답니다. 여러 곤충을 만나고 새로운 모험을 겪어 가던 어느 날, 마야와 꿀벌 도시에 위험이 닥쳐와요. 마야와 꿀벌 도시는 어떻게 되었을까요? 마야와 함께 신비한 자연의 세계로 떠나 보아요.

생각톡톡 '모험'이란 말을 듣고 떠오르는 낱말들을 자유롭게 써 보세요.

관련교과 [국어 2-1] 인물의 마음을 상상하며 읽기 / [통합교과 봄1] 꽃과 나비, 벌 등 동물이나 식물을 몸으로 표현하기
[통합교과 여름2] 곤충이나 식물 조사하기 / 벌의 움직임을 생각하며 음악 듣기

꿀벌 마야의 모험

꿀벌 마야가 태어나자 암벌 카산드라가 보살펴 주었어요.

어린 마야의 눈도 닦아 주고 날개도 펴 주었지요.

카산드라는 꿀벌이 알아야 할 것들을 하나하나 가르쳐 주었어요.

"마야, 꿀벌이라면 누구나 다른 꿀벌들을 먼저 생각해야 한단다."

마야는 커다란 눈으로 카산드라를 바라보았어요.

"길을 잃었을 때는 궁전 공원 입구의 보리수나무를 찾아오면 돼."

마야는 초롱초롱한 눈으로 카산드라의 말에 귀를 기울였어요.

"인간들은 우리 꿀벌을 도와주지만, 말벌과 땅벌은 조심해야 해.

그리고 침은 아주 위험할 때만 사용해야 한다."

용기와 지혜를 가지라고 강조한 카산드라는 마지막으로 말했어요.

"무엇보다 여왕님께 충성해야 한단다. 알았지?"

※ **암벌**: 벌의 암컷.

1. 카산드라가 마야에게 가르쳐 준 내용을 모두 찾아 ○표 하세요.

(1) 여왕님께 충성해라. (　　　)

(2) 말벌과 땅벌을 조심해라. (　　　)

(3) 위험할 때만 침을 사용해라. (　　　)

(4) 다른 벌에게 지식을 가르쳐 주어라. (　　　)

 2. 보기 의 밑줄 친 말을 바르게 사용하지 못한 친구는 누구인가요?

(　　　)

보기

카산드라는 꿀벌이 알아야 할 것들을 하나하나 가르쳐 주었어요.

① 내가 수학을 가르쳐 줄게.

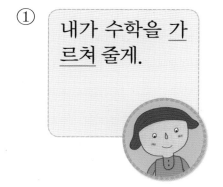

② 짝꿍이 손으로 남쪽을 가르쳐 주었어.

③ 선생님이 문제를 푸는 방법을 가르쳐 주셨어.

3. 카산드라처럼 여러분에게 여러 가지를 가르쳐 주는 사람은 누가 있나요? 누구에게 무엇을 배웠는지 보기 와 같이 써 보세요.

보기

거짓말을 하지 말고 정직해야 한다는 것을 부모님께 배웠습니다.

오늘은 꿀벌 마야가 처음으로 꿀벌 도시 밖으로 나가는 날이에요.

어두컴컴한 꿀벌 도시를 나오니,

확 트인 파란 하늘과 시원한 바람이 마야를 반겨 주었지요.

마야는 가슴이 터질 만큼 신이 났어요.

"아, 내가 날고 있어! 하늘을 날고 있다고!"

마야는 밝은 햇빛 아래 아름다운 들판을 나는 것이 꿈만 같았어요.

"나중에 돌아올 수 있게 이 근처를 잘 기억해 둬야 해."

함께 꿀을 따러 나온 벌이 당부했지만, 잔뜩 들뜬 마야에게는

아무 소리도 들리지 않았어요.

'바깥세상은 어둠침침한 꿀벌 도시보다 천 배는 더 아름다워.

난 돌아가지 않을 테야! 평생 꿀이나 나르며 살긴 싫어.'

마야는 빨간 튤립 위에 내려앉아 달콤한 꿀을 먹으며 결심했어요.

※ 근처: 가까운 곳.
※ 튤립: 백합과 비슷하게 생긴 꽃으로, 꽃 모양이 달걀 모양으로 오므려져 있음.

언어 **1. 마야는 왜 꿀벌 도시로 돌아가지 않겠다고 결심하였나요?**

( )

① 꿀벌 도시에는 친구가 없어서

② 꿀벌 도시로 돌아가는 길을 기억하기 어려워서

③ 바깥세상은 아름답고, 평생 꿀을 나르며 살고 싶지 않아서

과학 탐구 **2. 마야와 같이 꿀벌 도시에 모여 사는 꿀벌의 생활에 대한 설명으로 알맞지 <u>않은</u> 것은 어느 것인가요? ( )**

① 꽃에 있는 꿀을 먹고 삽니다.

② 새끼를 낳아 젖을 먹여 기르며 삽니다.

③ 여왕벌을 중심으로 무리를 지어 삽니다.

논술 **3. 바깥세상에 나온 마야는 꿀벌 도시에 돌아가지 않기로 결심했습니다. 마야가 선택을 잘할 수 있도록 여러분이 꿀벌 도시와 바깥세상의 좋은 점을 비교하여 보기 처럼 써 보세요.**

꿀벌 도시 보기 친구들이 많습니다.

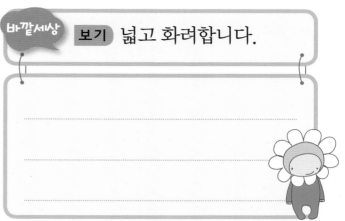

바깥세상 보기 넓고 화려합니다.

다음 날 이른 아침, 잎사귀 위에서 잠을 자던 마야는

바람에 날아온 달콤한 냄새에 눈을 떴어요.

"어, 저게 뭐지?"

마야는 붉은 꽃 위에서 반짝이는 구슬을 향해 날아갔어요.

그런데 꽃잎에 내려앉는 순간, 구슬이 반짝이며 굴러떨어졌어요.

"나 때문에 구슬이 떨어졌어요. 미안해요."

마야는 옆의 꽃송이 위에서 자신을 바라보는 꽃무지에게 말했어요.

"이슬방울 때문이라면 걱정 말아요."

꽃무지의 말에, 마야는 다행이라 생각하며 더듬이를 까딱거렸어요.

"그런데 이 향기로운 꽃의 이름은 무엇인가요?"

"당신은 모르는 게 참 많군요. 이 꽃은 장미예요."

'쳇, 남을 무시하는 예의 없는 곤충이군.'

마야는 꽃무지에게 작별 인사를 하고 하늘로 날아올랐어요.

※ **꽃무지**: 꽃무짓과의 곤충. 몸의 길이는 1.5센티미터 정도이며, 녹색에 흰 얼룩무늬가 있고 온몸에 갈색 털이 나 있음.

언어 1. 마야가 '반짝이는 구슬'이라고 생각한 것은 무엇이었나요?

( )

①
공

②
진주

③
이슬방울

2주 1일
학습 끝!

붙임 딱지 붙여요.

 과학탐구 2. 이 글을 읽고 새롭게 알게 된 내용에 대해 이야기하고 있습니다. 바르게 이야기한 친구는 누구인가요? ( )

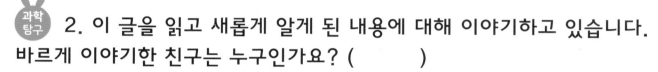
① 꽃무지가 꽃이라는 것을 알았어.

② 꿀벌이 냄새를 맡고 꽃을 찾아간다는 것을 알았어.

③ 꿀벌이 향기가 없는 장미를 좋아한다는 것을 알았어.

 논술 3. 꽃무지는 마야에게 모르는 것이 많다고 말해 마야의 기분을 상하게 했습니다. 여러분이 꽃무지라면 어떻게 말했을지 써 보세요.

이 향기 좋은 꽃의 이름이 무엇인지 아시나요?

49

마야가 연꽃잎에서 쇠파리와 이야기하고 있을 때였어요.

갑자기 휙 소리가 나더니 쇠파리가 사라졌어요.

놀란 마야 앞에 잠자리가 아쉬운 듯 입맛을 다시고 있었어요.

"나한테 한 발자국이라도 다가오면 침을 쏘겠어요!"

잠자리는 콧방귀를 뀌더니 훌쩍 날아올라 쇠파리를 잡아먹어 버렸어요.

마야는 깜짝 놀랐지만 잠자리의 날갯짓에서 눈을 떼지 못했어요.

"인간들도 우리 잠자리를 보면 늘 감탄하죠."

마야가 또랑또랑한 눈빛으로 듣자 잠자리가 말을 계속했어요.

"하지만 인간들은 아주 위험하지요. 특히 소년들을 조심해야 해요."

"왜요? 소년이 당신들을 잡아먹나요?"

"아니에요. 소년들은 재미 삼아 우리 날개나 다리를 뜯어낸답니다."

마야는 깜짝 놀란 눈으로 슬픈 표정의 잠자리를 바라보았어요.

＊ **쇠파리**: 쇠파릿과의 곤충으로, 갈색 몸에 검은 털이 나 있음.

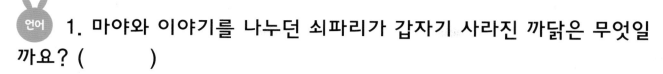

🐰 **언어** 1. 마야와 이야기를 나누던 쇠파리가 갑자기 사라진 까닭은 무엇일 까요? (   )

① 소년에게 잡혀서

② 다른 꽃으로 휙 날아가서

③ 잠자리가 나타나 피하기 위해서

🐰 **과학 탐구** 2. 마야는 잠자리가 잡아먹는 것과 무서워하는 것에 대해 알게 되었습니다. (   ) 안에 들어갈 알맞은 말을 **보기** 에서 찾아 써 보세요.

보기	장미 쇠파리 소년들 연꽃잎

(1) 잠자리가 잡아먹는 것 ➜ (   )

(2) 잠자리가 무서워하는 것 ➜ (   )

🐰 **논술** 3. 이 글에서 소년들에 대한 잠자리의 이야기를 읽고, 잠자리의 마음을 헤아려 보세요. 그리고 여러분이 소년의 입장이 되어 잠자리에게 사과하는 글을 써 보세요.

잠자리에게

다음 날 아침, 마야가 초롱꽃 속에서 눈을 뜨니 비가 내리고 있었어요.

아래를 보니 민들레 잎 사이에서 쇠똥구리* 쿠르트가 나타났어요.

톱니 모양의 앞다리를 가진 쿠르트는 지렁이를 토막 내어 먹으면서

지렁이의 나머지 몸통은 버둥거리게 내버려 두었어요.

"쿠르트 씨, 당신은 정말 잔인하네요!"

마야의 외침에 쿠르트가 위를 올려다보았어요.

쿠르트는 마야를 보기 위해 풀잎을 타고 올라오기 시작했어요.

그런데 그만 땅으로 떨어져 몸이 뒤집히고 말았어요.

"이제 나는 끝장이야……. 다시는 일어설 수 없어!"

쿠르트는 땅을 짚고 일어나려 했지만 번번이 실패했어요.

보다 못한 마야는 긴 풀잎 끝에 매달려 풀이 쿠르트에게 닿게 했어요.

"어서 잡아요!"

쿠르트는 풀잎 끝을 붙잡고 겨우 일어설 수 있었어요.

* **쇠똥구리**: 풍뎅이와 비슷한 검은색 곤충. 짧고 검은 더듬이와
톱니 모양의 앞다리가 있음.

🐰 과학 탐구 **1.** 다음 중 이 글에서 쇠똥구리 쿠르트의 먹이가 되는 것은 어느 것 인가요? (   )

①

새우

②

지렁이

③

풍뎅이

🐰 과학 탐구 **2.** 마야는 쇠똥구리 쿠르트를 만났습니다. 다음 중 '쇠똥구리'에 대한 설명으로 알맞은 것은 무엇일까요? (   )

① 소의 똥을 쇠똥구리라고 합니다.

② 긴 날개로 날아다니며 먹이를 찾습니다.

③ 더듬이와 톱니 모양의 앞다리가 있습니다.

🐰 논술 **3.** 마야의 도움으로 위기에서 벗어난 쇠똥구리 쿠르트는 마야에게 어떤 말을 하고 싶을까요? 쇠똥구리 쿠르트가 말하듯이 써 보세요.

재스민꽃으로 날아가려던 마야는 거미줄에 걸리고 말았어요.

마야는 두려움에 몸부림치며 비명을 질렀어요.

"자꾸 버둥거리면 거미줄이 망가져요. 풀어 줄 테니 가만히 있어요."

털북숭이 거미의 말에 마야는 마음을 놓았어요.

그런데 가만히 보니 거미는 마야를 거미줄로 묶으려 한 거였어요.

"아, 이럴 수가! 이토록 나쁜 동물이 있다니!"

마야는 이제 죽을 수밖에 없다고 생각했어요.

그때 풀숲에서 낯익은 모습이 보였어요. 쇠똥구리 쿠르트였어요.

"쿠르트 씨! 도와주세요! 거미줄에 걸렸어요."

마야를 본 쿠르트는 풀잎을 타고 올라와 거미줄을 툭툭 끊었어요.

"정말로 감사합니다!"

마야는 쿠르트에게 *진심을 담아 감사 인사를 했어요.

＊ 재스민꽃: 특유의 좋은 향기가 나는 노란색 또는 흰색의 꽃.
＊ 진심: 거짓이 없는 참된 마음.

1. 거미는 마야에게 왜 풀어 준다고 하였을까요? (   )

① 어린 마야가 불쌍해서

② 배가 불러 먹이가 필요 없어서

③ 마야를 안심시킨 다음에 잡아먹으려고

2. 이 글의 내용으로 보아, 거미가 먹이를 잡아먹는 과정은 어떠한지 다음 그림을 보고 순서대로 번호를 써 보세요.

2주 2일
학습 끝!

붙임 딱지 붙여요.

1	2	3	4

그물 같은 거미 줄을 칩니다.	먹이를 맛있게 먹습니다.	먹잇감이 거미 줄에 걸릴 때까지 기다립니다.	먹잇감을 거미 줄로 감아 묶습니다.

(   ) → (   ) → (   ) → (   )

3. 이 글에 등장하는 쇠똥구리 쿠르트와 거미의 행동으로 보아, 두 등장인물의 성격은 각각 어떠할지 써 보세요.

(1) 쿠르트:

(2) 거미:

마야가 나뭇잎 아래에서 잠시 쉬고 있을 때, 누군가 다가왔어요.

"안녕하세요? 나는 거미 가문의 한니발이라고 해요."

마야는 한니발의 다리가 일곱 개나 되는 것을 보고 놀랐어요.

"사실 나는 다리 하나가 많은 게 아니라, 하나가 모자란 거예요."

한니발은 한숨을 쉬더니 말을 이었어요.

"인간이 나를 살펴보려 집어 들었을 때 다리 하나가 끊어지고 말았어요.
인간이 끊어진 내 다리가 움직이는 것을 구경하는 사이에
겨우 도망쳐서 목숨은 건질 수 있었답니다."

"어머나, 끊어진 다리가 움직여요? 거참 믿기지가 않네요."

"그럼, 당신이 믿도록 내 다리 하나를 끊어 보이기라도 하란 말인가요?
당신을 이 다리로 잡아먹는 것도 괜찮을 것 같군요!"

한니발의 말에 마야는 깜짝 놀랐지만, 곧 침착하게 침을 꺼냈어요.

그러자 한니발은 나무줄기를 타고 재빨리 도망쳤어요.

＊ **가문**: 가족 또는 친척 등으로 이루어진 집단.

1. 한니발과 같은 '거미'에 대한 설명으로 알맞지 <u>않은</u> 것은 무엇인가요? (   )

① 다리가 7개입니다.

② 날개가 없고, 다리가 8개입니다.

③ 거미줄을 쳐서 작은 곤충을 잡아먹습니다.

2. 마야는 한니발이 잡아먹으려 하자 지지 않았습니다. 꿀벌과 거미가 적과 싸울 때 사용하는 것을 줄로 이어 보세요.

(1)

㉠ 침을 쏘아서 공격합니다.

(2)

㉡ 거미줄을 뿜어내어 꼼짝 못 하게 합니다.

3. 거미 한니발이 마야에게 다가온 까닭은 무엇일지 생각하여 써 보세요.

내가 마야한테 왜 왔더라?

마야가 바깥세상에서 많은 일을 겪으며 지내던 어느 날 밤,

연꽃에서 하얀 날개가 달린 작은 인간이 나타났어요.

"앗! 당신은 천사인가요?"

"아니, 나는 꽃의 요정이야."

마야가 떨리는 목소리로 묻자 요정이 대답했어요.

"꽃의 요정은 맨 처음 만나는 이의 소원을 들어줄 수 있단다.

오늘 밤 내가 처음 만난 이가 바로 너야. 소원을 들어줄 테니 말해 보렴."

"난 인간을 만나고 싶어요. 가장 아름다운 인간을 말이에요."

꽃의 요정은 미소를 짓더니 달빛 아래 나무 의자를 가리켰어요.

거기에는 소년과 소녀가 머리를 맞대고 앉아 있었지요.

"아, 알겠어요. 사람들은 사랑할 때 가장 아름답군요."

마야는 감동 어린 목소리로 중얼거렸어요.

1. 다음 중 마야가 꽃의 요정을 만난 때를 바르게 말한 친구는 누구인가요? (   )

① 햇볕이 따뜻한 낮에 만났어.

② 달빛이 보이는 밤에 만났어.

③ 꽃이 피는 아침에 만났어.

2. 마야가 본 하얀 날개가 달린 작은 인간은 무엇이었나요? (   )

① 천사   ② 소녀   ③ 꽃의 요정

3. 마야는 사람들이 사랑을 할 때 가장 아름답다는 것을 알게 되었습니다. 여러분은 사람들이 가장 아름다울 때가 언제라고 생각하는지 보기 처럼 써 보세요.

보기

사람들은 <u>사랑을 할 때</u> 가장 아름답습니다.

어느덧 쌀쌀한 바람이 부는 때가 되었어요.

찬 바람에 몸을 떨던 어느 날, 마야는 걱정 많은 지네와 마주쳤어요.

"조심해요. 저기 말벌들의 도시가 있어요!"

깜짝 놀란 마야는 허겁지겁 도망치다 말벌에게 붙잡히고 말았어요.

"놔! 놓지 않으면 침으로 찌를 거야!"

하지만 두꺼운 갑옷 같은 몸을 가진 말벌은 코웃음을 쳤어요.

"히히, 우리 여왕님은 죽은 꿀벌보다 싱싱한 꿀벌을 좋아하시지."

말벌은 마야를 잡아 감옥에 가두었어요.

무서워서 한참을 울던 마야의 귀에 말벌들의 목소리가 들려왔어요.

"내일 해 뜨기 전에 궁전 공원의 꿀벌 도시를 습격하라!"

여왕 말벌의 말에 마야는 깜짝 놀랐어요.

'궁전 공원의 꿀벌 도시라면 내 고향이잖아!'

※ 감옥: 죄인을 가두어 두는 곳.

1. 말벌은 왜 마야를 죽이지 않고 산 채로 잡아 말벌들의 도시로 끌고 갔나요? (　　　)

① 마야를 키워서 잡아먹으려고

② 마야를 무섭게 해서 잡아먹으려고

③ 마야를 산 채로 말벌 여왕에게 갖다 바치려고

2주 3일
학습 끝!

붙임 딱지 붙여요.

2. 보기 에서 알 수 있는 말벌의 특징은 무엇일까요? (　　　　)

> 보기　　　　두꺼운 갑옷 같은 몸을 가진 말벌은 코웃음을 쳤어요.

① 말벌의 몸은 부드럽습니다.

② 말벌의 몸은 꿀벌보다 단단합니다.

③ 말벌은 두꺼운 갑옷을 입고 있습니다.

 3. 마야가 감옥에서 들은 소식을 꿀벌 도시의 벌들에게 전하려면 어떻게 해야 할까요? 소식을 전할 방법을 보기 처럼 자유롭게 써 보세요.

> 보기　　　　편지를 쓴 종이에 돌을 매달아 창밖으로 던집니다.

꿀벌 도시 벌들에게
빨리 이 소식을
알려야 해!

61

'큰일이네! 내 고향과 여왕님이 위험에 빠졌구나!'

마야는 이 사실을 알리려 목숨을 걸고 감옥을 빠져나왔어요.

추위에 날개가 얼어붙을 것 같았지만 마야는 꾹 참고 날갯짓했어요.

"어, 성문이 어디더라?"

고향을 떠나온 지 오래되어서 마야는 성문을 금세 찾지 못했어요.

하지만 이내 궁전 공원 입구의 보리수나무가 보였지요.

마야는 문지기 벌에게 큰 소리로 외쳤어요.

"중요한 소식이 있어요! 나를 여왕님께 데려다주세요, 어서요!"

마야가 다급하게 소리치자, 문지기는 마야를 여왕님께 데려갔어요.

"중요한 소식이 있다고?"

여왕님이 심각한 표정으로 물었어요.

"네! 말벌들이 꿀벌 도시로 습격해 올 거예요!"

※ **다급하다**: 일이 바싹 닥쳐서 매우 급하다.
※ **습격하다**: 갑자기 상대편을 덮쳐 치다.

 언어

1. 다음 빈칸에 공통으로 들어갈 말은 어느 것인가요? (   )

• 마야의 _____와(과) 여왕님이 위기에 빠졌어요.
• 마야는 _____을(를) 떠나온 지 오래되어 성문을 금세 찾지 못했어요.

① 벽   ② 고향   ③ 소식

과학 탐구

2. 이 글에서 알 수 있는 꿀벌에 대한 내용으로 알맞은 것은 어느 것인가요? (   )

① 꿀벌들은 기온의 영향을 받습니다.
② 꿀벌들은 말벌을 두려워하지 않습니다.
③ 꿀벌들은 다른 꿀벌의 습격을 받기도 합니다.

논술

3. 여러분이 꿀벌 도시의 여왕이라면 말벌의 습격을 막아 내기 위해 어떻게 할 것인가요? 여러분의 생각을 보기 와 같이 써 보세요.

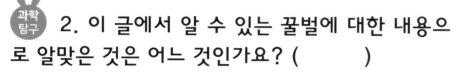

보기 꿀벌 무리를 다른 곳으로 이동시킵니다.

어떻게 말벌의 습격을 막지?

"지금 당장 말벌과 싸울 준비를 하라!"

여왕님은 마야의 이야기를 듣자마자 다른 벌들에게 명령했어요.

"말벌들이 *침입하면 가장 앞의 병사들이 한꺼번에 달려들어라!

그리고 뒤쪽 병사들은 *출입구를 막도록 해라!"

여왕님의 명령이 떨어지기가 무섭게 꿀벌들이 움직였어요.

"여왕님, 말벌들이 쳐들어오고 있습니다."

얼마 안 되어 꿀벌 한 마리가 소리쳤어요.

꿀벌들은 여왕님의 명령에 따라 말벌들에게 달려들었지요.

윙윙거리는 요란한 소리가 꿀벌 도시를 가득 채웠어요.

말벌들은 사납게 공격했지만 똘똘 뭉친 꿀벌들을 당해 낼 수 없었어요.

"뭔가 잘못됐어. 우리 계획이 들통난 게 틀림없다."

결국 말벌들은 꿀 한 방울 얻지 못하고 병사들만 잃은 채 물러났어요.

※ **침입하다**: 침범하여 들어가거나 들어오다.
※ **출입구**: 나갔다가 들어왔다가 하는 어귀나 문.

언어 1. 이 글에서 일이 일어난 순서대로 (   ) 안에 번호를 써 보세요.

(1)
여왕님이 작전을 짜 명령했습니다.

(2)
말벌들이 물러났습니다.

(3)
꿀벌들이 똘똘 뭉쳐 공격했습니다.

(   ) → (   ) → (   )

언어 2. 꿀벌들이 말벌들을 물리칠 수 있었던 까닭으로 알맞은 것을 모두 찾아 ◯표 하세요.

(1) 여왕이 작전을 잘 짰기 때문에 (   )
(2) 한마음 한뜻으로 똘똘 뭉쳤기 때문에 (   )
(3) 마야가 말벌들의 침입을 미리 알려 주었기 때문에 (   )
(4) 평소에 말벌을 상대로 싸우는 연습을 해 두었기 때문에 (   )

논술 3. 꿀벌에게 진 말벌들은 어떻게 되었을지 상상하여 보기 와 같이 써 보세요.

보기   매일 꿀벌을 이기기 위한 작전을 짰을 것입니다.

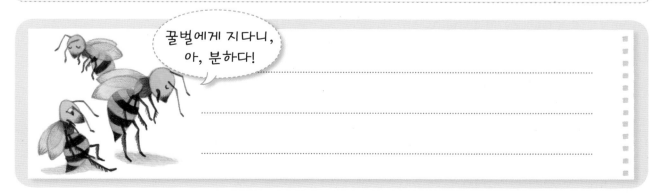

꿀벌에게 지다니, 아, 분하다!

싸움이 끝난 뒤, 마야는 여왕님 앞에 불려 갔어요.

마야는 여왕님에게 혼이 날까 봐 다리가 후들거렸어요.

꿀벌 도시를 벗어나 혼자 마음대로 돌아다녔으니까요.

"마야, 네 덕분에 큰 피해 없이 꿀벌 도시를 지킬 수 있었다."

여왕님은 오히려 마야를 꼭 안아 주며 말했어요.

마야는 여왕님에게 지난날의 잘못을 빌었어요.

"여, 여왕님! 말없이 여행을 떠났던 저를 용서해 주세요."

"너는 고향과 동족을 잊지 않았다. 그러니 용서받을 자격이 있단다."

여왕님의 따뜻한 말에 마야는 감격의 눈물을 뚝뚝 흘렸어요.

오랜만에 만난 카산드라도 마야를 반갑게 안아 주었지요.

마야는 카산드라와 어린 꿀벌들에게 바깥세상에서 겪은

여러 가지 모험 이야기를 들려주었어요.

그리고 꿀벌 도시의 행복을 위해 많은 일을 했답니다.

※ **동족**: 같은 겨레와 무리.

1. 여왕님이 마야를 용서해 준 까닭은 무엇인가요? (   )

① 마야가 말벌이 있는 곳을 알려 주어서

② 마야가 말벌을 꾀어 꿀벌 도시로 올 수 있게 해 주어서

③ 마야가 동족을 잊지 않고 말벌들의 공격을 미리 알려 주어서

 2. 이 글에서 엿볼 수 있는 꿀벌과 말벌의 생활로 알맞은 것을 찾아 줄로 이으세요.

(1)

꿀벌

(2)

말벌

㉠ 꿀을 훔쳐 먹거나 다른 곤충을 잡아먹으며 생활합니다.

㉡ 꽃의 꿀을 모아 집에 저장하고 여럿이 모여 생활합니다.

2주 4일
학습 끝!

붙임 딱지 붙여요.

 3. 마야는 바깥세상에서 겪은 이야기들을 어린 꿀벌들에게 들려주었습니다. 어떤 이야기를 들려주었을지 보기 처럼 써 보세요.

보기 거미는 다리가 위험하니 조심해야 한단다.

어린 꿀벌들아, 잘 들어!

되돌아봐요

| "꿀벌 마야의 모험"을 잘 읽어 보았나요? 꿀벌 도시를 떠난 후 마야가 만난
이들을 순서대로 찾으면서 길을 따라 꿀벌 도시로 되돌아와 보세요.

2 다음은 마야가 바깥세상에서 만난 이들입니다. 이들이 마야에게 한 일과 그때 마야의 행동이나 생각을 찾아 줄로 이어 보세요.

(1)

잠자리
•

• ① 마야의 소원을 들어주었습니다. •

• ㉠ 깜짝 놀랐고 믿을 수 없었습니다.

(2)

꽃무지
•

• ② 마야를 거미에게서 구해 주었습니다. •

• ㉡ 진심을 담아 감사의 인사를 했습니다.

(3)
꽃의 요정
•

• ③ 날개를 뜯는 소년의 이야기를 해 주었습니다. •

• ㉢ 예의 바르지 못하다고 생각했습니다.

(4)

쇠똥구리 쿠르트
•

• ④ 마야에게 모르는 것이 많다고 말했습니다. •

• ㉣ 사람은 사랑할 때 아름답다는 것을 알았습니다.

3 꽃의 요정은 처음 만난 이의 소원을 들어준다고 하였습니다. 만약 여러분이 꽃의 요정을 만난다면 어떤 소원을 빌고 싶나요? 꽃의 요정에게 여러분의 소원 두 가지를 부탁해 보세요.

첫 번째 소원

두 번째 소원

꿀벌들의 생활을 알아보아요!

"꿀벌 마야의 모험"은 꿀벌 마야가 꿀벌 도시를 떠나 바깥세상에서 새로운 모험을 하는 이야기예요. 꿀벌 도시에서는 여왕님을 중심으로 꿀벌들이 저마다의 일을 하면서 똘똘 뭉쳐 살고 있지요. 마야는 그중에서도 꿀 모으는 일을 하는 일벌이에요. 마야가 살고 있는 꿀벌 도시, 꿀벌의 세계에 대해 좀 더 알아보아요.

꿀벌 도시에는 누가 사나요?

꿀벌은 집단생활을 하는 대표적인 곤충이지요. 육각형 모양의 방들이 모여 있는 벌집에서 여왕벌을 중심으로 여러 마리의 수벌과 일벌이 모여 살아요. 여왕벌과 수벌은 짝짓기를 하여 알을 낳는 일을 하고, 그밖에 벌집 청소, 어린 벌 돌보기, 꿀 모으기 등은 모두 일벌이 한답니다.

꿀벌들은 먹이가 있는 곳을 어떻게 알릴까요?

일벌은 꽃에서 꿀을 가져다 집에 있는 다른 일벌에게 전해 주어요. 그러면 꿀은 육각형의 방에 저장되지요.

어느 날 일벌 한 마리가 아주 맛 좋은 꿀이 가득한 꽃나무를 발견했어요. 혼자서는 꿀을 다 딸 수 없어서 다른 일벌들에게 꽃나무의 위치를 알려 주려고 한다면 어떻게 할까요?

바로 춤으로 알려 준답니다. 동그라미를 그리며 추는 원형 춤과 '8'자 모양을 그리며 추는 8자 춤으로 알려 주지요. 먹이가 가까이에 있을 때는 원형 춤을, 먹이가 먼 곳에 있을 때는 8자 춤을 추어 알린답니다.

꿀벌은 어떻게 생겼을까요?

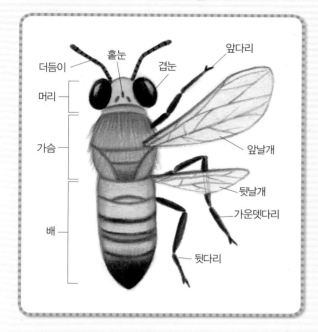

더듬이, 홑눈, 겹눈, 앞다리, 머리, 가슴, 배, 앞날개, 뒷날개, 가운뎃다리, 뒷다리

꿀벌은 2쌍(4개)의 날개, 3쌍(6개)의 다리를 가지고 있어요. 그리고 몸은 머리, 가슴, 배의 세 부분으로 이루어져 있고, 1쌍(2개)의 겹눈과 3개의 홑눈이 있지요.

뒷다리 중간은 꽃가루를 매달아 나르기 좋게 움푹 패어 있어요. 배 끝에는 독침이 있지만, 침을 쏘면 자신이 죽으므로 침은 한 번밖에 쓸 수 없어요.

꿀벌은 어떻게 적을 막을까요?

말벌은 꿀벌의 집 주위에 살면서 꿀벌의 집을 자주 공격해요. 말벌은 꿀벌보다 훨씬 강하지만 꿀벌도 말벌을 몰아내는 작전을 펼쳐요.

꿀벌들은 먼저 희미한 소리로 동료들에게 신호를 보내요. 그리고 눈에

▲ 먹이를 공격하는 말벌

보이지 않는 작은 물결 같은 흐름을 만들어서 말벌을 겹겹이 둘러싸지요. 한 번 침을 쏘면 죽는다는 것을 알면서도, 꿀벌들은 집단을 위해 독침을 쏘면서 적을 막아 내요.

✏️ 꿀벌처럼 집단생활을 하는 곤충은 또 어떤 것이 있는지 써 보세요.

내가 할래요

1. "꿀벌 마야의 모험"은 마야가 바깥세상으로 나아가 여러 가지 모험을 하고 꿀벌 도시로 돌아오는 이야기입니다. 만약 마야가 다시 여행을 떠난다면 어떤 일이 일어날까요? 다음 만화의 내용에 맞게 말풍선을 채워 보세요.

확인할 내용	잘함	보통임	부족함
1. 이번 주 학습을 5일(월요일~금요일) 안에 끝마쳤나요?			
2. 여러 가지 곤충에 대해 살피고 이해하였나요?			
3. 등장인물이 겪은 일을 순서대로 이야기할 수 있나요?			
4. 등장인물들의 마음을 생각하며 실감 나게 읽을 수 있나요?			

2. 마야가 다시 여행을 떠난다면 어떤 일이 일어날지 상상하여 이어질 만화를 꾸며 보세요.

제목:

1	2
마야, 조심해라. 난 모험이 좋아.	

3	4

2주 5일
학습 끝!

붙임 딱지 붙여요.

전하는 말

3주

파브르 곤충기
- 송장벌레 편

파브르 곤충기 - 송장벌레 편

• 지은이: 장 앙리 파브르 (1823~1915)
프랑스의 곤충학자. 다양한 곤충의 습관과 생활을 관찰하고 연구하였어요.

• 작품 설명: 이 이야기는 곤충학자 파브르가 쓴 "곤충기" 중 송장벌레 편이에요. 파브르의 "곤충기"는 파브르가 30여 년 동안 끈질긴 실험과 연구를 통해 곤충의 생활을 아주 자세하게 쓴 10권의 책이지요. 그중 이 이야기는 파브르가 어느 유명한 곤충학자의 책을 읽고 송장벌레를 관찰해 보기로 마음먹은 뒤 송장벌레를 관찰한 기록이에요. 위대한 곤충학자 파브르를 따라 신기한 곤충의 세계로 떠나 보아요.

생각톡톡 왜 '송장벌레'라는 이름이 붙었을지 생각하여 간단히 써 보세요.

관련교과
[국어 3-1] 원인과 결과를 생각하며 이야기하기 / 글을 읽고 의견 파악하기
[통합교과 여름1] 집에서 기를 수 있는 동물 알기 / [통합교과 여름2] 곤충이나 식물 조사하기

파브르 곤충기 - 송장벌레 편

사체를 치우는 청소부, 송장벌레

봄이 되어 날씨가 따뜻해지자, 파브르는 들판으로 나갔어요. 겨우내 조용하던 땅 위에는 생명들이 꿈틀댔지요. 하지만 들판 한쪽에는 죽음을 맞은 동물의 모습들도 보였어요. 농부의 연장을 피하지 못해 죽은 두더지, 아이들이 던진 돌에 맞아 죽은 도마뱀, 둥지에서 떨어진 어린 새들도 보였지요.

파브르는 죽은 두더지의 곁에 가까이 다가가 보았어요. 벌써 부지런한 개미가 죽은 두더지 위에 올라가 있었어요. 파리도 윙윙대며 두더지 위를 맴돌았지요. 그리고 송장벌레도 어슬렁거리고 있었어요. 그 곁을 풍뎅이가 윙윙 날아다녔고요.

모두 들판을 청소해 주는 청소부들이에요.

그중에서도 가장 유명한 것이 이름도 끔찍한 송장벌레랍니다.

※ 겨우내: 한겨울 동안 계속해서.
※ 연장: 어떤 일을 하기 위해 쓰는 도구.
송장: 죽은 사람의 몸을 이르는 말.

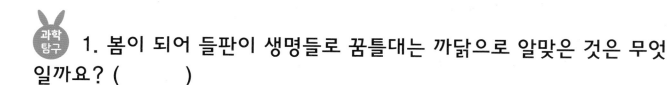
과학
탐구 **1.** 봄이 되어 들판이 생명들로 꿈틀대는 까닭으로 알맞은 것은 무엇일까요? (   )

① 날씨가 추워져서

② 생물들이 봄에만 활동을 해서

③ 생물들이 활동하기 좋은 계절이라서

과학
탐구 **2.** 다음은 파브르가 들판에서 본, 죽은 동물들을 청소해 주는 곤충들입니다. 이 글에서 각각의 이름을 찾아 (   ) 안에 써 보세요.

(1)   (2)   (3)   (4)

(   ) (   ) (   ) (   )

논술 **3.** 파브르는 죽은 동물 곁에 모여드는 곤충들을 보고 '들판을 청소해 주는 청소부'라고 했습니다. 여러분이라면 어떻게 표현할지 생각하여 바꾸어 써 보세요.

> 보기 모두 들판을 <u>청소해 주는 청소부</u>들이에요.
>
> 모두 들판을 _____들이에요.

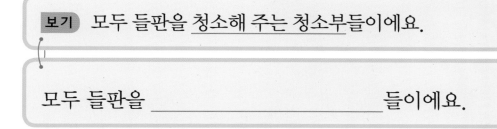

송장벌레가 생각할 줄 안다고?

송장벌레는 몸길이가 2.2센티미터 정도이고, 등에 딱딱하고 단단한 껍데기와 붉은 무늬의 날개가 있어요. 그리고 곤봉 모양의 더듬이가 있고, 가슴에는 황금색의 부드러운 털이 나 있지요.

송장벌레는 죽은 동물들을 땅속에 묻는 독특한 특성이 있어요. 행동은 무척 느리지만 일단 시작하면 말끔히 처리하지요.

어느 유명한 곤충학자가 송장벌레를 보고 이런 글을 쓴 적이 있어요.

'송장벌레가 커다란 쥐 사체를 혼자 옮기지 못하자 친구 네 마리를 데리고 왔다. 그리고 한 번은 죽은 두꺼비를 막대기에 걸쳐 놓았더니, 막대기 주변의 흙을 파서 막대기를 넘어뜨리고 두꺼비를 땅에 묻었다. 그러므로 송장벌레는 생각하는 능력이 있다.'

파브르는 그 글을 보고 송장벌레가 참 지혜롭다고 생각했어요. 그러나 아무리 유명한 사람이 쓴 책이라도 전부 믿어서는 안 된다고 생각했지요.

그래서 송장벌레를 가지고 직접 실험해 보기로 했어요.

※ **사체**: 죽은 사람이나 동물의 몸뚱이. '송장'과 비슷한말.

언어 1. 파브르가 읽은 글에 따르면, 송장벌레가 자신보다 훨씬 큰 죽은 쥐를 옮기기 위해 도움을 요청한 것은 누구였는지 알맞은 것에 ◯표 하세요.

(1) 쥐 (　　　　)　　　(2) 두꺼비 (　　　　)　　　(3) 송장벌레 (　　　　)

언어 2. 다음 중 파브르가 읽은 유명한 곤충학자의 글에 나타난 내용을 두 가지 골라 ◯표 하세요.

(1) 송장벌레는 막대기를 세웁니다. (　　　　)

(2) 송장벌레는 죽은 동물을 땅에 묻습니다. (　　　　)

(3) 송장벌레는 자기보다 작은 먹이만 땅에 묻습니다. (　　　　)

(4) 송장벌레는 다른 송장벌레와 함께 먹이를 묻기도 합니다. (　　　　)

예체능 3. 송장벌레의 생김새를 설명한 글과 그림을 보고 여러분이 송장벌레의 모습을 그려 보세요.

글에서 송장벌레의 생김새를 설명한 부분을 다시 살펴봐야지.

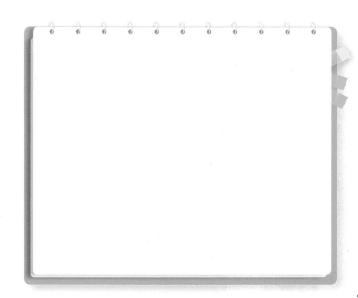

송장벌레를 잡는 방법

파브르는 송장벌레를 관찰하기 위해 들판을 돌아다녔지만 쉽게 보이지 않았어요. 어느 순간 파브르는 자신의 머리를 콩 쥐어박았지요.

"내가 왜 그 생각을 못 했지? 송장벌레를 집으로 오게 하면 되잖아."

다음 날, 한 농부가 파브르의 집에 양배추를 팔러 왔어요.

"다음에 채소를 팔러 올 때 두더지 사체를 좀 갖다 주시겠어요?"

"두더지 사체요?"

농부는 어리둥절한 표정을 지었지만, 부탁을 들어주었어요.

파브르는 두더지 사체를 정원의 나무 아래에 두었어요.

며칠 뒤, 송장벌레들이 죽은 두더지의 썩는 냄새를 맡고 몰려들었지요.

"와, 드디어 왔다!"

썩는 냄새가 코를 찔렀지만 파브르는 무척 기뻐했어요.

과학탐구 1. 파브르가 나무 아래에 두더지 사체를 두자 송장벌레들이 몰려들었습니다. 송장벌레가 죽은 두더지가 있는 곳까지 올 수 있었던 까닭을 바르게 말한 친구는 누구인가요? (   )

① 농부를 따라 파브르의 집으로 왔기 때문이야.

② 나무 아래에 알을 낳고 살고 있었기 때문이야.

③ 죽은 두더지의 썩는 냄새를 맡고 찾아왔기 때문이야.

언어 2. 파브르는 왜 사체 썩는 냄새가 코를 찌르는데 기뻐했을까요?

(   )

3주 1일 학습 끝!

붙임 딱지 붙여요.

① 사체 썩는 냄새를 좋아하기 때문입니다.

② 송장벌레를 관찰할 수 있게 되었기 때문입니다.

③ 사체와 송장벌레를 동시에 팔 수 있기 때문입니다.

논술 3. 파브르가 농부에게 두더지 사체를 가져다 달라고 하자 농부는 왜 어리둥절한 표정을 지었을까요? 농부가 어떤 생각을 했을지 상상하여 써 보세요.

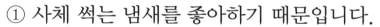

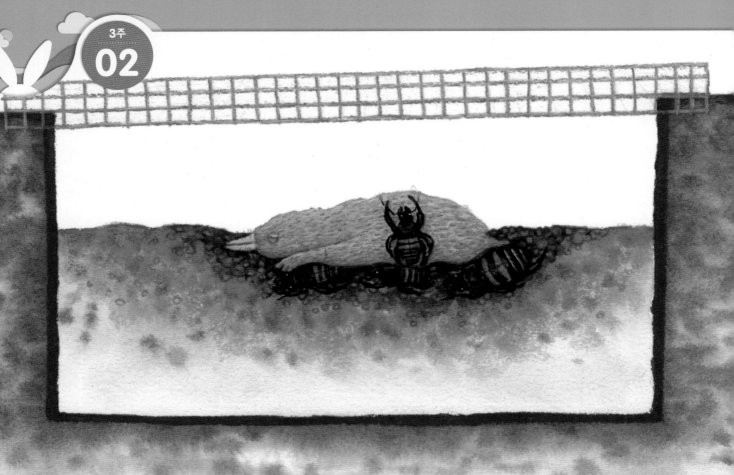

송장벌레가 먹잇감을 숨기는 방법

송장벌레는 먹잇감을 발견하면 먼저 땅속에 숨겼어요. 자기 몸집보다 수십 배나 큰 사체들도 땅속으로 떨어뜨렸지요.

"송장벌레가 어떻게 사체를 숨기는지 실험해 보자."

파브르는 실험 상자 속에 잘 마른 부드러운 흙을 깔고 죽은 두더지와 송장벌레 네 마리를 넣었어요. 수컷 세 마리와 암컷 한 마리의 송장벌레였지요.

송장벌레들은 재빨리 두더지 사체 아래로 파고들어 땅을 팠어요.

그러자 두더지 사체는 점점 땅속으로 들어갔고, 밀려 나온 흙이 두더지를 덮기 시작했지요.

한참 후, 두더지 사체는 흔적도 보이지 않았어요.

"흠, 대단한 녀석들이야!"

파브르는 먹이를 숨기는 송장벌레들을 보며 감탄했어요.

※ 흔적: 무언가가 없어졌거나 지나간 뒤에 남은 자국이나 자취.

과학 탐구

1. 다음 ( ) 안에 들어갈 알맞은 말은 무엇인가요? ( )

> 송장벌레는 먹잇감을 발견하면 ( )에 숨깁니다.

① 강가 ② 땅속 ③ 나무 아래

 과학 탐구

2. 보기 를 보고, 송장벌레들이 먹잇감을 숨기는 순서에 맞게 번호를 써 보세요.

> 보기
>
> (1) 먹잇감이 흔적도 없이 사라집니다.
> (2) 먹잇감 아래로 파고들어 땅을 팝니다.
> (3) 밀려 나온 흙이 천천히 먹잇감 위를 덮습니다.

( ) → ( ) → ( )

논술 **3.** 송장벌레가 사체를 땅에 묻으면 자연에 어떤 영향을 주게 될지 생각하여 보기 와 같이 써 보세요.

> 보기
>
> 사체가 썩을 때 냄새가 나지 않아 좋을 것입니다.

가족을 위해 일하는 수컷 송장벌레

'땅속에 묻힌 두더지는 어떻게 되었을까?'

파브르는 궁금해서 두더지가 묻힌 땅을 파 보았어요. 암수 한 쌍의 송장벌레가 보였고, 두더지는 땅속에 잘 보관되어 있었어요.

두더지는 털까지 모두 뽑혀서 아주 깔끔한 먹잇감이 되어 있었어요. 송장벌레의 새끼들이 알을 깨고 나와서 먹을 식량이 준비된 거지요.

대부분의 수컷 곤충은 짝짓기가 끝나면 다른 곳으로 떠나 버려요. 암컷이 알을 낳든 말든, 새끼가 잘 자라든 말든 신경도 안 쓰지요.

하지만 송장벌레 수컷은 새끼가 먹고 자랄 먹이를 잘 손질해 두고 있었어요.

"수컷 곤충이 가족을 위해 일하다니!"

파브르는 놀란 목소리로 중얼거렸어요.

※ 손질하다: 손을 대어 잘 매만지다.

1. 수컷 송장벌레가 다른 수컷 곤충과 같은 점은 무엇이고 다른 점은 무엇인지 보기 에서 찾아 (   ) 안에 기호를 써 보세요.

보기
ㄱ 짝짓기를 합니다.
ㄴ 짝짓기한 후에 떠납니다.
ㄷ 새끼들이 먹을 식량을 준비합니다.

⑴ 같은 점: (   ), ⑵ 다른 점: (   )

2. '송장벌레'를 이용해 4행시를 지어 보세요.

송
장
벌
레

3. 송장벌레를 사람과 견주었을 때 비슷한 점은 무엇이 있을까요? 보기 와 같이 써 보세요.

보기
가족을 위해 일합니다.

서로 돕는 진드기와 송장벌레

송장벌레들이 두더지를 묻은 지 15일이 지났어요. 땅을 파 보니 애벌레들이 많이 자라 있었지요. 사체가 썩어 흙이 되기 전에 먹어야 하기 때문에 송장벌레 애벌레들은 다른 애벌레들보다 빨리 자랐어요. 애벌레들 옆에는 부모로 보이는 송장벌레도 있었어요.

"아니, 저게 뭐야?"

어른 송장벌레를 살펴보던 파브르는 깜짝 놀랐어요. 송장벌레의 몸에 아주 작은 진드기들이 잔뜩 붙어 있었기 때문이에요.

"들판의 청소부들을 괴롭히다니!"

파브르는 진드기들이 얄미웠어요. 하지만 자세히 관찰해 보니, 두 곤충은 서로 돕고 있었어요. 진드기는 송장벌레의 몸을 청소해 주고, 대신 먹이를 얻고 있었던 거예요.

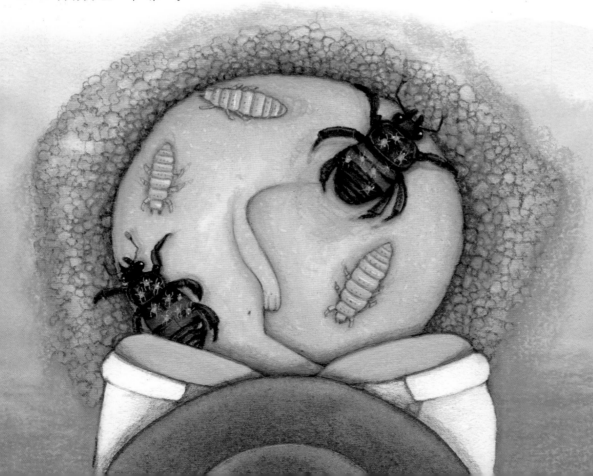

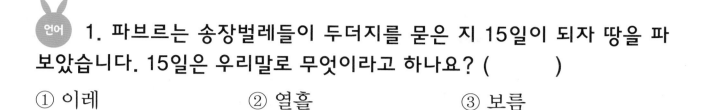

1. 파브르는 송장벌레들이 두더지를 묻은 지 15일이 되자 땅을 파 보았습니다. 15일은 우리말로 무엇이라고 하나요? (   )

① 이레   ② 열흘   ③ 보름

2. 송장벌레의 몸에는 진드기들이 붙어서 삽니다. 송장벌레와 진드기의 관계를 바르게 나타낸 그림에 ◯표 하세요.

(1)

(   )

(2)

(   )

3주 2일
학습 끝!

붙임 딱지 붙여요.

3. 송장벌레와 진드기가 함께 살면 서로 좋은 점도 있고 불편한 점도 있을 것입니다. 송장벌레와 진드기의 입장이 되어 서로에게 하고 싶은 말을 상상하여 써 보세요.

(1) ....

(2) ....

송장벌레   진드기

덤불 위에서 먹이를 흔드는 송장벌레

밭에서 일하던 농부는 죽은 두더지를 아무 데나 던져요. 두더지는 밭둑에 떨어지기도 하고 덤불 위에 걸리기도 해요.

'그렇다면 송장벌레들은 덤불 위에 있는 먹이를 어떻게 먹을까?'

궁금한 파브르는 실험을 해 보기로 했어요.

먼저 실험 상자 근처에 있는 20센티미터 높이의 풀덤불에 죽은 쥐를 얹어 놓았어요. 그러자 상자 안에 있던 열네 마리의 송장벌레 중에서 두 마리가 나타나더니, 풀 꼭대기에 올라가 쥐를 흔들기 시작했어요.

꽤 오랫동안 흔들어 댔지만 쥐는 땅으로 떨어지지 않았어요. 하지만 송장벌레들은 다른 방법을 쓰지 않고, 계속 쥐만 흔들었지요. 결국 쥐가 땅에 떨어졌고, 송장벌레들은 쥐를 재빨리 묻었어요.

'끈질긴 녀석들이군. 하지만 이 정도는 다른 곤충들도 할 수 있지. 아직 송장벌레가 생각하는 능력이 있다는 증거는 없어.'

1. 파브르가 죽은 쥐를 풀덤불 위에 놓은 까닭은 무엇인가요?

( )

① 송장벌레가 쥐를 어떻게 묻는지 알아보려고
② 송장벌레가 쥐와 두더지 중 어느 것을 먹는지 보려고
③ 송장벌레가 덤불 위의 먹이를 어떻게 먹는지 알아보려고

 2. 파브르는 송장벌레들이 풀덤불에서 쥐를 떨어뜨렸는데도 생각하는 능력이 있다고 판단하지 않았습니다. 그 까닭을 바르게 말한 친구는 누구인가요? ( )

① 다른 곤충들은 풀을 흔들 수 없다고 생각해서

② 송장벌레가 심심해서 풀덤불을 흔든 것이라고 생각해서

③ 송장벌레가 덤불 위의 쥐를 떨어뜨린 것은 다른 곤충들도 할 수 있다고 생각해서

 3. 다른 곤충들이 먹잇감을 옮기는 방법은 어떠한지 보기 와 같이 곤충 이름과 방법이 들어가도록 써 보세요.

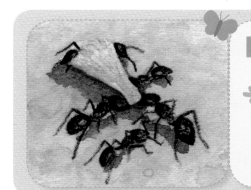

보기 개미는 큰 먹이를 함께 들고 옮깁니다.

집안의 중요한 일은 수컷이!

파브르는 실험 상자 안에 벽돌을 넣고, 그 위에 죽은 쥐를 올려놓아 보았어요.

한참 후, 송장벌레가 쥐의 사체로 다가갔어요. 쥐의 사체 아래로 들어간 송장벌레들은 쥐를 묻으려고 벽돌을 긁어 댔어요.

'벽돌이 딱딱한 것을 깨닫고 친구들에게 알려 줄까? 만약 그렇다면 힘을 합쳐 부드러운 땅으로 사체를 옮길 테지.'

하지만 그런 일은 일어나지 않았어요. 단단한 벽돌을 파다가 그만두고, 다시 파다가 그만두기를 반복했지요.

'송장벌레가 생각할 줄 아는 것은 아닌 듯하군!'

그런데 이처럼 문제가 생길 때 앞장서는 것은 모두 수컷이었어요. 암컷은 수컷을 기다리며 먹이 아래에 웅크리고 있을 뿐이었지요.

파브르는 송장벌레 수컷이 집안의 중요한 일을 한다는 사실을 알게 되었어요.

언어 1. 파브르가 벽돌 위에 죽은 쥐를 올려놓은 까닭은 무엇인가요?

( )

① 송장벌레가 센지 쥐가 센지 알아보려고

② 송장벌레 암컷이 센지 수컷이 센지 확인해 보려고

③ 송장벌레가 딱딱한 곳에 있는 먹이를 어떻게 하는지 보려고

과학 탐구 2. 이 글에서 알 수 있는 송장벌레의 특징을 바르게 말한 친구는 누구인가요? ( )

① 어려운 일이 생기면 송장벌레 수컷이 나서는구나.

② 송장벌레는 큰 먹잇감을 보면 친구들에게 알려 주는구나.

③ 송장벌레는 딱딱한 곳에 있는 먹이는 놔두고 다른 곳을 파는구나.

논술 3. 사체 밑의 딱딱한 땅을 파는 송장벌레는 어떤 생각을 하고 있을까요? 자유롭게 상상하여 써 보세요.

이상하다, 여기가 아닌가?

송장벌레는 먹이 묻을 구덩이를 미리 팔까?

송장벌레가 벽돌 위를 파기 시작한 것은 아침 7시였고, 그로부터 두 시간이 흘렀어요.

송장벌레는 먹이를 묻기 어렵다는 사실을 이제야 깨달은 듯했어요. 마침내 수컷 두 마리가 주변을 살피다가 쥐를 묻을 구멍을 발견하고, 먹이를 부드러운 땅으로 옮겼지요. 그리고는 먹이를 땅속에 파묻기 시작했어요.

시계를 보니 낮 1시. 벽돌 위에 있던 먹잇감을 부드러운 땅에 묻기까지 무려 6시간이 걸린 셈이었어요.

실험을 통해 파브르는 곤충학자의 주장이 틀리다는 것을 알게 되었어요. 곤충학자는 송장벌레가 친구들을 데려와 도움을 청한다고 했거든요. 하지만 송장벌레들은 친구들이 옆에 있는데도 도움을 청하지 않았어요.

※ **주장**: 자신이 말하고 싶어 굳게 내세운 것.

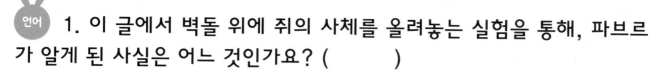

언어 1. 이 글에서 벽돌 위에 쥐의 사체를 올려놓는 실험을 통해, 파브르가 알게 된 사실은 어느 것인가요? (　　　)

① 송장벌레는 수컷과 암컷으로 나뉘어 서로 싸웁니다.

② 송장벌레는 먹이를 묻을 때 친구를 부르지 않습니다.

③ 송장벌레는 먹이를 묻기 위해 미리 구덩이를 파 둡니다.

수리 탐구 2. 파브르는 송장벌레가 먹이를 찾아 옮기고 파묻기까지 6시간이 걸렸다고 했습니다. 먹이를 낮 1시에 묻었다면, 송장벌레가 먹이를 발견한 시각은 몇 시였을까요? (　　　)

①
아침 5시

②
아침 7시

③
아침 8시

3주 3일
학습 끝!

붙임 딱지 붙여요.

논술 3. 이 글을 통해 파브르에게 배울 점이 무엇인지 생각하여 보기 와 같이 써 보세요.

보기
파브르는 끈기가 있습니다.

송장벌레는 막대기를 쓰러뜨릴 수 있을까?

파브르는 송장벌레가 막대기를 쓰러뜨린다는 주장도 확인해 보았어요.

먼저 막대기를 땅에 세우고, 죽은 두더지를 묶어 매달았지요.

송장벌레들은 냄새를 맡고 몰려들더니 땅에 닿아 있는 두더지의 머리 아래를 열심히 팠어요. 하지만 단단히 묶인 두더지는 땅으로 떨어지지 않았지요. 송장벌레들은 두더지의 턱을 물어뜯고, 털을 뽑기도 했지만 소용없었어요.

송장벌레들은 두더지를 땅에 떨어뜨리려고 일주일이나 노력했어요. 하지만 두더지는 땅에 떨어지지 않고 말라 갔지요. 두더지가 말라 먹잇감으로 쓸 수 없게 되자 송장벌레들은 사라졌어요.

파브르는 곤충학자의 주장이 맞지 않다는 사실을 알았어요. 송장벌레들은 막대기를 쓰러뜨릴 생각은 못하고, 일주일 동안 먹잇감만 떨어뜨리려 했으니까요.

※ **확인**: 틀림없이 그러한지 알아보거나 인정함.

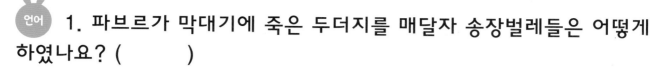
언어 **1. 파브르가 막대기에 죽은 두더지를 매달자 송장벌레들은 어떻게 하였나요? (   )**

① 막대기를 쓰러뜨렸습니다.

② 막대기를 물어뜯고 갉아 먹었습니다.

③ 두더지의 턱을 물어뜯고 털을 뽑았습니다.

과학 탐구 **2. 송장벌레가 먹으려고 한 죽은 두더지의 일주일 후의 모습을 알맞게 설명한 것은 어느 것인가요? (   )**

①

퉁퉁 부어올랐습니다.

②

땅에 떨어지지 않고 말라 갔습니다.

③

막대기가 쓰러지고 두더지는 땅에 떨어졌습니다.

논술 **3. 일주일 동안 노력했지만 두더지를 땅에 떨어뜨리지 못했을 때, 송장벌레는 어떤 생각을 했을까요? 자유롭게 상상하여 써 보세요.**

아, 분해! 이렇게 애써도 떨어지지 않다니!

95

끈기 있게 실험하고 관찰하라!

파브르는 상자 안에 갇힌 송장벌레가 탈출할 수 있는지도 관찰했어요.

철망으로 만든 상자는 모래 속에 겨우 2센티미터만 박혀 있었어요.

송장벌레가 생각할 줄 아는 곤충이라면 땅을 판 후 충분히 나갈 수 있었지요. 그러나 송장벌레들은 위로 날아오르는 동작만 되풀이했고, 모두 철망을 벗어나지 못했어요.

파브르의 송장벌레 실험은 이제 끝이 났어요. 많은 실험 결과, 송장벌레는 생각할 줄 아는 곤충이 아니라는 사실이 밝혀졌어요.

"그래, 사실을 증명하려면 끈기 있게 실험하고 관찰해야 해. 그렇게 해야 진실이 뭔지 알아낼 수 있어."

파브르는 만족한 듯 중얼거렸어요.

＊ **관찰**: 사물을 자세히 보는 것.　＊ **진실**: 진짜 사실.

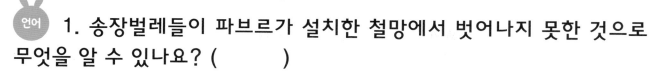

1. 송장벌레들이 파브르가 설치한 철망에서 벗어나지 못한 것으로 무엇을 알 수 있나요? (   )

① 송장벌레는 생각할 줄 아는 곤충입니다.

② 송장벌레는 생각할 줄 아는 곤충이 아닙니다.

③ 송장벌레 실험으로 알 수 있는 사실이 없습니다.

2. 다음 중 파브르의 실험에서 배울 점을 바르게 말한 친구를 찾아 ◯표 하세요.

(1)

끈기 있게 실험 하고 관찰해야 해!

(   )

(2)

실험하지 않아 도 결과를 알 수 있잖아?

(   )

(3)
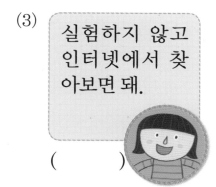
실험하지 않고 인터넷에서 찾 아보면 돼.

(   )

3. 파브르는 사실을 증명하려면 실험과 관찰을 해야 한다고 했습니다. 파브르가 '송장벌레는 생각하는 곤충'이라고 했던 유명한 곤충학자에게 편지를 보낸다면 어떤 내용일지 써 보세요.

곤충학자님께

_____

_____

_____

파브르 올림

들판을 가꾸는 최고의 청소부

살아 있는 생명은 언젠가는 모두 죽어요. 죽은 뒤에는 끔찍한 냄새를 풍기며 썩어 가지요.

그런데 만약 사체들이 치워지지 않고 쌓이기만 한다면 어떻게 될까요? 들판은 고약한 냄새로 가득 차 아무도 살 수 없는 곳이 될 거예요.

그러니 사체를 청소하는 송장벌레는 정말 고마운 곤충이지요. 들판을 싱그럽게 되살리는 최고의 마술사라고 할 수 있겠지요?

파브르는 그동안의 실험을 통해 송장벌레가 생각할 수 있다는 말이 사실이 아님을 확인할 수 있었어요.

"송장벌레야, 너희가 지혜가 아닌 본능대로 살아간다 하더라도 너희들은 최고의 곤충이야."

파브르는 흐뭇한 표정으로 송장벌레들을 바라보았답니다.

＊ **본능**: 가지고 태어나는 감정이나 충동.

1. 사체들을 치우는 곤충이 없을 때 일어날 수 있는 일들로 알맞지 않은 것은 무엇인가요? (   )

① 사체가 쌓여 더럽고 냄새가 심할 것입니다.

② 고약한 냄새로 아무도 살 수 없는 곳이 될 것입니다.

③ 들짐승에게 좋은 먹잇감이 많아 동물의 낙원이 될 것입니다.

 2. 이 글에서 송장벌레를 가리키는 말로 쓰인 것을 모두 고르세요.
(   )

① 고마운 곤충

② 생각하는 곤충

③ 들판을 되살리는 최고의 마술사

 3. 파브르가 실험하고 관찰하는 모습을 보고 무엇을 느꼈나요? 여러분의 생각을 담아 파브르에게 편지를 써 보세요.

파브르 님께

올림

1 풀덤불 위에 죽은 두더지가 있다면 송장벌레는 어떻게 행동할까요? 앞서 읽은 내용을 참고하여 순서대로 번호를 써 보세요.

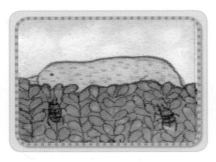

① 송장벌레들이 풀덤불 위로 올라갑니다.

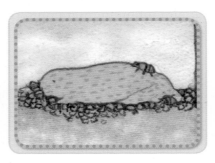

② 땅에 떨어진 두더지 아래로 파고들어 갑니다.

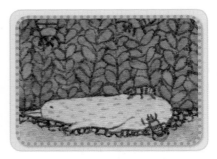

③ 풀덤불 위의 두더지를 흔들어 땅에 떨어뜨립니다.

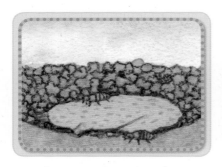

④ 밀려 나온 흙이 두더지를 덮습니다.

⑤ 두더지 아래로 땅을 깊이 팝니다.

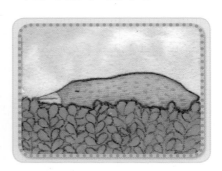

⑥ 풀덤불 위에 죽은 두더지가 놓여 있습니다.

⑥ → (　　　) → (　　　) → (　　　) → (　　　) → ④

2 송장벌레와 진드기는 서로 도우며 살았습니다. 이와 같은 관계에 있는 동물은 어느 것인지 찾아 ◯표 하세요.

(1)

악어와
악어새

(　　　)

(2)

엄마 코알라와
아기 코알라

(　　　)

(3)

엄마 캥거루와
아기 캥거루

(　　　)

3 다음은 송장벌레가 알을 낳아서 키우는 과정입니다. 순서에 맞게 살피면서 파브르가 송장벌레를 만날 수 있도록 길을 따라가 보세요.

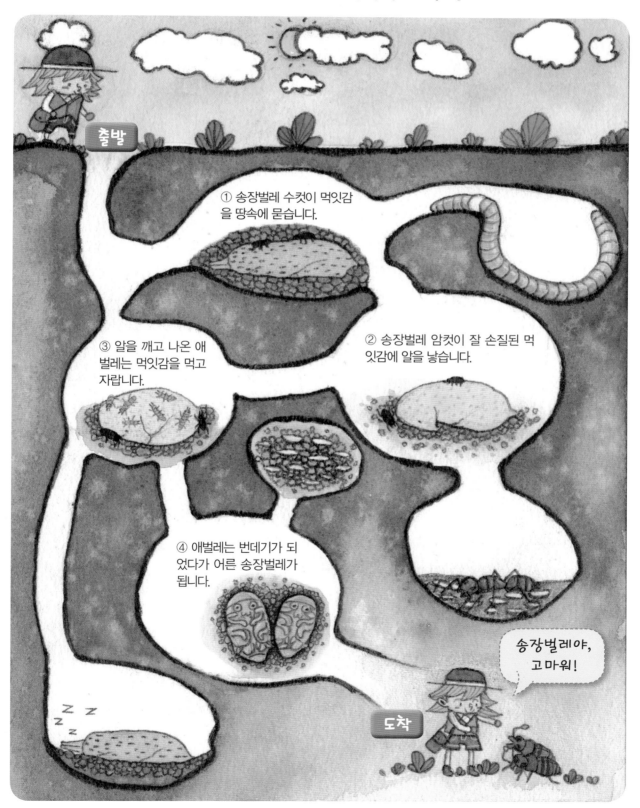

곤충에 대해 알아보아요!

곤충의 먹이는 무엇일까요?

송장벌레의 먹이는 동물의 사체였지요. 여러 가지 곤충들이 어떤 먹이를 먹고 사는지 알아볼까요?

나비

나비는 주로 꽃의 꿀을 빨아 먹어요. 돌돌 말린 긴 입을 길게 펴서 꿀을 빨지요. 나무의 수액을 빨아 먹는 나비도 있어요.

꿀벌

꿀벌은 이름처럼 식물의 꿀을 빨아 먹어요. 육각형으로 된 벌들의 방에 꿀을 저장해 놓기도 하지요.

잠자리

잠자리는 다른 곤충을 잡아먹어요. 모기나 나비, 파리 등 작은 곤충들이 주로 잠자리의 먹이가 되지요.

메뚜기

메뚜기는 식물의 잎이나 줄기를 먹어요. 특히 벼메뚜기는 벼의 줄기를 갉아 먹기 때문에 벼농사에 피해를 주지요.

바퀴벌레

바퀴벌레는 이것저것 가리지 않고 먹는 잡식성이에요. 사람의 집에 사는 바퀴벌레는 사람들이 먹는 음식을 주로 먹고 살지요.

곤충은 어떻게 어른이 될까요?

곤충은 알로 태어나 어른 곤충이 되기까지 몇 번의 변화를 거치는데, 이 과정을 '변태'라고 해요. 변태에는 '완전 변태'와 '불완전 변태'가 있어요.

(1) **완전 변태**: '알—애벌레—번데기—어른 곤충'의 단계를 모두 거치는 거예요. 나비, 벌, 파리, 송장벌레 등이 있어요.

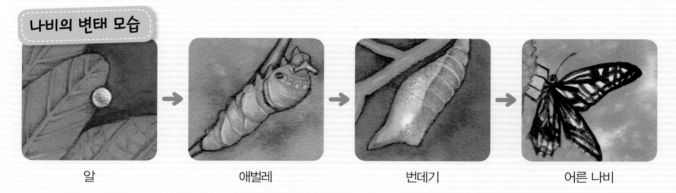

나비의 변태 모습

알　　　　　　애벌레　　　　　번데기　　　　어른 나비

(2) **불완전 변태**: 번데기 과정이 없이 어른 곤충이 거예요. 매미, 잠자리, 메뚜기, 바퀴벌레 등이 있지요.

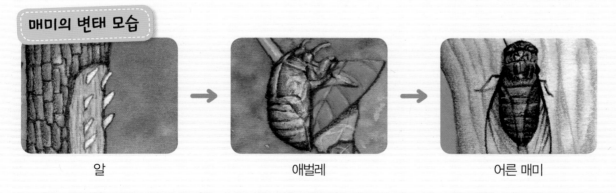

매미의 변태 모습

알　　　　　　　애벌레　　　　　어른 매미

✏️ 여러분이 파브르처럼 곤충을 연구한다면 어떤 곤충에 대해 알아보고 싶나요? 그 곤충의 어떤 점이 궁금한지 한 가지만 써 보세요.

내가 할래요

곤충에 대해 조사해 봐요!

파브르처럼 살아 있는 생물을 연구하기 위해서는 많은 끈기와 노력이 필요하지요. 보기 와 같이 여러분이 관심을 가지고 있는 곤충에 대해 먼저 책이나 인터넷으로 조사하여 기록하는 연습을 해 보세요.

보기

곤충의 이름 : 송장벌레

(1) 곤충의 사진을 찾아 붙여 보세요.

(2) 곤충에 대해 알게 된 것을 써 보세요.
- 송장벌레는 죽은 동물을 먹고 사는 곤충입니다.
- 송장벌레는 죽은 동물의 썩는 냄새를 맡고 모여듭니다.
- 송장벌레 수컷은 다른 수컷 곤충과 달리 가족을 위해 일합니다.
- 송장벌레는 진드기와 서로 도우며 삽니다.

(3) 느낀 점을 써 보세요.

송장벌레와 같은 자연의 청소부가 있어서 고맙습니다.

확인할 내용	잘함	보통임	부족함
1. 이번 주 학습을 5일(월요일~금요일) 안에 끝마쳤나요?			
2. 이 글에 나오는 송장벌레에 대해 잘 이해하였나요?			
3. 관찰과 실험을 통한 결론을 이해할 수 있나요?			
4. 곤충의 생김새와 특징에 대해 조사하고 기록할 수 있나요?			

곤충의 이름 :

(1) 곤충의 사진을 찾아 붙여 보세요.

(2) 곤충에 대해 알게 된 것을 써 보세요.

(3) 느낀 점을 써 보세요.

3주 5일
학습 끝!

붙임 딱지 붙여요.

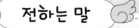

전하는 말

4주 관찰 기록문을 써 봐요

생각톡톡 여러분의 집이나 주변에서 기르는 식물이나 동물은 무엇이 있나요?

관련교과 **[통합교과 봄1]** 꽃과 새싹이 자라게 돕는 것 알기 / 새싹을 관찰하고 기록하기
[통합교과 여름1] 집에서 기를 수 있는 동물과 식물 알기 / **[통합교과 여름2]** 곤충이나 식물 조사하기

양파는 언제 싹이 날까?

> 관찰 기간: 20○○년 5월 3일 ~ 20○○년 5월 18일
> 1학년 3반 권민혁

우리 사촌 형은 개미를 키운다. 투명한 통에 키워서 개미들이 굴을 파는 것이 다 보였다. 신기해서 나도 개미를 키우고 싶었다.

하지만 개미를 잡으러 갔더니 조금 징그러웠고, 무섭기도 했다. 그래서 엄마가 이야기해 주신 양파를 키워 보기로 했다.

마침 집에 양파도 있었다. 엄마가 빨간 망에서 양파 두 개를 꺼내 주셨다. 투명한 컵에 양파를 키우기로 했다. 그래야 뿌리도 관찰하기 쉽다고 해서이다. 물은 양파가 반쯤 잠기게 넣었다. 키우는 장소는 내 방이다.

나는 양파에 번호를 붙여 주었다. 동글동글하고 통통한 것은 **1**번, 약간 길고 작은 것은 **2**번이다.

양파에 언제 뿌리와 싹이 날지 정말 기대된다.

1. 글쓴이가 개미 대신 양파를 키우게 된 까닭을 바르게 말한 친구 둘을 찾아 ○표 하세요.

(1)
엄마가 이야기 해 주셔서

(   )

(2)
개미보다 양파가 재미있을 것 같아서

(   )

(3)
개미는 조금 징그럽고 무서워서

(   )

2. 글쓴이가 양파를 키우기 시작하면서 기대하는 것은 무엇인가요? (   )

① 얼마나 클까?
② 어느 쪽이 더 클까?
③ 언제 뿌리와 싹이 날까?

3. 글쓴이의 관찰 내용을 다음과 같이 정리해 보세요.

(1) 무엇을 관찰했나요?

....

(2) 어디에서 관찰했나요?

....

(3) 어떻게 관찰했나요?

....

....

| 20○○년 5월 4일 | 관찰 시간: 아침 8시 |

아무 변화도 없었다.

관찰 첫날이라서인지 양파는 아무 변화도 없다. 그런데 양파를 담가 놓은 물의 색깔이 약간 노래졌다. 양파의 누런 껍질 때문일까?

| 20○○년 5월 5일 | 관찰 시간: 아침 9시 |

흰 뿌리가 조금 나왔다.

2번 양파의 뿌리가 3센티미터나 자라 있었다.

양파의 뿌리를 보니 할아버지 수염이 생각난다. 색깔도 하얀 것이 할아버지 수염과 비슷하다. 그리고 보니 양파 색깔은 사람의 피부처럼 누렇다. 모양도 얼굴처럼 둥그렇다. 정말 보면 볼수록 할아버지 얼굴 같다.

1. 5월 4일과 5월 5일의 관찰 일기 중에서 관찰 내용이 더 자세한 것과 그렇게 생각한 까닭을 바르게 묶은 것은 어느 것인가요? (   )

① 5월 4일 일기–관찰 시간을 적어서

② 5월 4일 일기–양파의 색깔을 자세히 적어서

③ 5월 5일 일기–양파가 변한 모습과 느낌을 자세히 적어서

2. 이틀 동안 관찰한 결과, 양파에 어떤 변화가 있었나요? (   )

① **1**번 양파가 썩었습니다.

② **2**번 양파의 크기가 변했습니다.

③ **2**번 양파의 뿌리가 자랐습니다.

3. 5월 5일 일기에는 양파의 모양을 할아버지의 얼굴 모습에 빗대어 표현했습니다. 이 관찰 내용으로 동시를 써 보세요.

제목:

20○○년 5월 6일 | 관찰 시간: 저녁 9시

싹이 나오려고 하는 것 같다.

두 개의 양파 모두 뿌리가 꽤 길어졌다. 자로 재어 보니 **1**번 양파는 3센티미터, **2**번 양파는 5센티미터나 자라 있었다. 싹이 나오려는지 **2**번 양파 끝이 볼록하고 색깔도 연두색이다. **2**번 양파에 물이 조금밖에 없어서 좀 더 넣어 주었다.

반성할 점 아침에 깜박하고 관찰을 하지 못했다. 저녁에 엄마가 말씀해 주셔서 겨우 양파를 관찰했다. 꾸준히 해야 된다고 형이 말했는데…….

궁금한 점 똑같은 컵에 똑같은 양의 물을 주었는데, 왜 **2**번 양파의 물이 더 빨리 줄었을까?

20○○년 5월 8일 | 관찰 시간: 저녁 8시

드디어 싹이 나왔다.

2번 양파에 싹이 두 개나 났다. 그런데 **1**번 양파는 겨우 하나가 위로 솟으려고 한다.

뿌리는 둘 다 길어지고 더 많아졌다.

추리력 1. 다음 (   ) 안에 들어갈 알맞은 숫자는 무엇인가요? (   )

5월 6일 관찰한 뒤 5월 8일 관찰하기까지 (   )시간이 지났습니다.

① 24   ② 47   ③ 48

분석력 2. 5월 6일 일기를 보면, 관찰할 때 도구를 사용했다는 사실을 알 수 있습니다. 다음 중 글쓴이가 관찰할 때 사용한 도구는 무엇인가요?

(   )

①

자

②

가위

③

망원경

논술 3. 5월 6일 일기에서 글쓴이는 똑같은 컵에 똑같은 양의 물을 주었는데 왜 **2**번 양파의 물이 더 빨리 줄어들었는지 궁금해하였습니다. 여러분은 그 까닭을 무엇이라고 생각하는지 보기 와 같이 써 보세요.

보기 **2**번 양파가 물을 더 좋아해서입니다.

4주 1일
학습 끝!

붙임 딱지 붙여요.

113

20○○년 5월 11일	관찰 시간: 아침 7시

싹이 더 났다.

2번 양파는 싹이 하나 더 나서 세 개가 되었다. 가장 긴 싹의 길이는 9센티미터이다.

1번 양파는 두 개의 싹이 나 있다. 가장 긴 싹의 길이는 이제 2센티미터이다.

 궁금한 점 양파가 자라면서 싹의 색이 점점 짙어진다. 왜 그럴까?

20○○년 5월 13일	관찰 시간: 아침 8시

2번 양파의 싹이 많이 길어졌다.

1번 양파의 싹은 3센티미터이고, **2**번 양파의 싹은 10센티미터 정도이다. 싹이 너무 길어서 휘어질 것 같다.

그런데 **2**번 양파에서 좋지 않은 썩은 냄새가 난다. 그리고 **2**번 양파는 영양분을 싹에게 다 빼앗겨서인지 몸이 홀쭉해졌다.

분석력 **1.** 다음은 5월 13일 관찰 일기를 정리한 것입니다. 일기를 보고 빈칸에 들어갈 알맞은 숫자를 써 보세요.

(1) **1**번 양파의 싹의 길이는 [ ] 센티미터입니다.

(2) **2**번 양파의 싹의 길이는 [ ] 센티미터입니다.

(3) **2**번 양파의 싹은 **1**번 양파보다 [ ] 센티미터가 더 깁니다.

이해력 **2.** 5월 13일에 쓴 관찰 일기에서 글쓴이는 **2**번 양파의 몸이 홀쭉해진 까닭을 무엇이라고 생각하였나요? (   )

① 싹이 휘어져 자라서

② 싹이 두 개가 새로 나서

③ 영양분을 싹에게 빼앗겨서

논술 **3.** 5월 11일에서 5월 13일 사이에 **1**번 양파와 **2**번 양파는 각각 어떻게 변화하였는지 써 보세요.

(1) **1**번 양파	
(2) **2**번 양파	

| 20○○년 5월 16일 | 관찰 시간: 아침 8시 |

양파를 만져 보았다.

2번 양파는 싹이 무척 길다. 자로 재어 보니 15센티미터나 되었다. 가장 먼저 난 싹은 바깥쪽으로 휘어져 있었다. 컵에 있는 양파를 만져 보니 물렁물렁했다.

1번 양파는 싹이 7센티미터가 되었고 잔뿌리가 많다. 양파를 만져 보니 단단했다.

| 20○○년 5월 18일 | 관찰 시간: 아침 8시 |

양파의 싹을 잘라 보았다.

2번 양파의 싹 끝이 노랗게 변했다. 그리고 양파 몸에서 바깥쪽으로 많이 휘어져서 곧 떨어질 것 같았다. 나는 싹의 상태가 궁금해서 싹을 잘라 보았다.

양파 싹에 구멍이 나 있었다. 잘라 낸 싹에서 양파 냄새도 났다. 신기했다.

1번 양파는 뿌리도 무성하고 싹도 튼튼해 보인다. 양파가 크면 싹도 더 튼튼하게 자라나 보다.

1. 5월 16일과 5월 18일 관찰 일기에는 지금까지와 다른 관찰 방법이 쓰였습니다. 새로운 관찰 방법 두 가지에 ◯표 하세요.

(1) 양파를 만져 보았습니다. (　　　)

(2) 양파의 싹을 잘라 보았습니다. (　　　)

(3) 양파 싹의 길이를 자로 재어 보았습니다. (　　　)

2. 다음은 몸의 어떤 부분으로 관찰한 것인지 줄로 이으세요.

(1)
잘라 낸 싹에서 양파 냄새도 났다.

•

•

㉠ 손(촉각)

(2)
컵에 있는 양파를 만져 보니 물렁물렁했다.

•

•

㉡ 눈(시각)

(3)
가장 먼저 난 싹은 바깥쪽으로 휘어져 있었다.

•

•

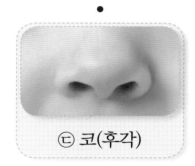

㉢ 코(후각)

3. 이 관찰 일기를 통해 여러분이 새로 알게 된 내용은 무엇인지 보기 와 같이 써 보세요.

보기 양파가 크면 싹도 튼튼하게 자란다는 것을 알았습니다.

양파 관찰을 마치고

내가 키운 양파는 크기와 모양이 다른 양파였다. **1**번 양파는 크고 동글동글했고, **2**번 양파는 길쭉하면서 작았다.

싹이 먼저 난 것은 길쭉하고 작은 **2**번 양파였다. 양파 관찰을 시작한 지 5일 만에 싹이 나왔다. 하지만 **2**번 양파의 싹은 가늘고 힘이 없었다. 비록 싹은 좀 늦게 나왔지만 튼튼하게 자란 것은 **1**번 양파였다.

양파가 싹을 틔운 뒤부터는 물을 많이 먹어서 컵에 물을 자주 넣어 주어야 했다. 우리가 점점 커 가면서 음식을 많이 먹는 것과 비슷하다는 생각이 들었다.

관찰을 할 때에는 같은 시간에 꾸준히 해야 한다. 그런데 양파를 관찰하면서 나는 시간을 자주 놓쳤다. 다음에는 곤충을 관찰하고 싶다. 그때는 자명종을 맞춰 놓고서라도 시간을 잘 지켜서 관찰해야겠다.

※ **자명종**: 미리 정해 놓은 시각에 저절로 소리가 나도록 장치가 되어 있는 시계.

1. 이 관찰 기록의 결과에 알맞게 줄로 이어 보세요.

(1)

1번 양파

•

• ㉠ 싹이 늦게 나왔지만, 튼튼하게 자랐다.

(2)

2번 양파

•

• ㉡ 싹이 먼저 나왔지만, 가늘고 힘이 없었다.

 2. 양파 관찰을 마친 뒤 글쓴이가 반성한 점은 무엇인가요?

(   )

① 같은 시간에 꾸준히 관찰하지 못한 점
② 양파의 길이를 정확하게 재지 못한 점
③ 양파의 변화를 정확하게 관찰하지 못한 점

3. 글쓴이는 다음에 곤충을 관찰하고 싶다고 했습니다. 곤충을 관찰할 때에는 어떤 점에 주의해야 할까요? 보기 와 같이 써 보세요.

보기 물과 먹이를 잘 주어야 합니다.

4주 2일
학습 끝!

붙임 딱지 붙여요.

나팔꽃 키우기

관찰 기간 : 20○○년 4월 5일 ~ 20○○년 5월 30일
2학년 1반 박시연

 왜 관찰을 했나?

우리 아파트 정문 앞에 있는 화단에는 여러 가지 꽃이 피어 있는데, 나는 그중에서도 담벽을 타고 자라는 나팔꽃이 가장 좋다.

초등학교 1학년 때인 작년에 나는 나팔꽃을 학교에 갈 때만이 아니라 집에서도 보고 싶었다. 그래서 올해에는 경비 아저씨께 부탁해서 나팔꽃 씨앗 다섯 개를 받았다. 나는 씨앗 다섯 개를 모두 심어서 나팔꽃이 크는 모습을 관찰할 것이다. 그리고 친구들에게도 씨앗을 나눠 주고 싶다.

 나팔꽃을 키우면서 알아보고 싶은 것

1. 나팔꽃은 언제 싹이 나오나?
2. 나팔꽃은 언제 꽃이 피나?
3. 나팔꽃은 어느 쪽으로 덩굴을 감나?

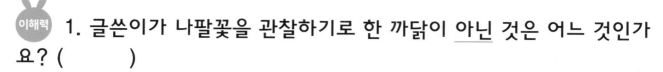
🐰 **이해력** 1. 글쓴이가 나팔꽃을 관찰하기로 한 까닭이 <u>아닌</u> 것은 어느 것인가요? (　　　)

① 나팔꽃을 가장 좋아해서

② 친구가 나팔꽃 씨앗을 주어서

③ 집에서도 나팔꽃을 보고 싶어서

🐰 **추리력** 2. 글쓴이가 관찰하기로 한 나팔꽃에 대해 <u>잘못</u> 설명한 것은 무엇인가요?

(　　　)

① 주변에서 볼 수 있는 꽃입니다.

② 덩굴을 이루어 사는 식물입니다.

③ 가정에서는 키울 수 없는 꽃입니다.

🐰 **논술** 3. 이 글에서 글쓴이는 나팔꽃을 키우면서 여러 가지를 알아보고 싶었습니다. 여러분은 나팔꽃에 대해 무엇을 알고 싶은지 보기 와 같이 써 보세요.

> **보기**
>
> 나팔꽃은 언제 싹이 나오나?

20○○년 4월 10일 흐림
나팔꽃 씨앗을 심었다.

드디어 나팔꽃 씨앗을 심었다. 베란다에 있는 직사각형 화분에 씨앗을 심었다.

원래 식목일에 심으려고 했는데, 거름을 준비하지 못해서 이제야 심은 것이다.

"나팔꽃들아, 얼른 자라라. 난 빨리 활짝 핀 꽃을 보고 싶어."

20○○년 4월 18일 맑음
나팔꽃 씨앗이 새싹을 틔웠다.

아침에 베란다에 나가 보고 깜짝 놀랐다. 흙이 조금 위로 솟아 있어서 웬일인가 하고 자세히 보니, 새싹이 올라오고 있었다. 색깔은 연두색이고 아주 조그마한데, 힘은 무척 센 것 같다. 왜냐하면 무거운 흙을 밀고 올라왔으니까.

내일은 나머지 씨앗도 싹을 틔우겠지? 오늘 동생과 싸워서 짜증이 났는데, 나팔꽃 새싹 덕분에 기분이 아주 좋아졌다.

이해력 1. 글쓴이가 식목일에 심으려고 한 나팔꽃을 4월 10일에 심은 까닭은 무엇인가요? (   )

① 식목일을 깜빡 잊어버려서

② 식목일에 나팔꽃을 구하지 못해서

③ 식목일에 거름을 준비하지 못해서

분석력 2. 이 관찰 일기를 보고, 다음 빈칸에 들어갈 알맞은 말과 숫자를 써 보세요.

(1) 4월 10일: 나팔꽃 ☐☐ 을(를) 심었다.

(2) 4월 ☐ 일: 나팔꽃이 싹을 틔웠다.

(3) 나팔꽃 씨앗을 심은 지 ☐ 일 만에 싹이 났다.

논술 3. 글쓴이는 나팔꽃 씨앗을 심으면서 얼른 자라서 꽃을 보여 달라고 부탁했습니다. 여러분이라면 나팔꽃 씨앗을 심으면서 어떤 말을 해 주고 싶은지 보기 와 같이 써 보세요.

보기   나팔꽃들아, 얼른 자라라. 난 빨리 활짝 핀 꽃을 보고 싶어.

123

20○○년 4월 22일
네 개의 씨앗이 싹을 틔웠다.

싹이 쑥쑥 자라서 자로 재어 보니 10센티미터나 되었다. 줄기 끝에 하트 모양의 잎 두 개가 손을 벌리고 있었다. 잎 하나는 씨앗 껍질을 쓰고 있어서 내가 떼어 주었다.

그런데 씨앗을 다섯 개 심었는데, 싹은 네 개만 나왔다. 나머지 한 개는 왜 싹을 안 틔울까? 나머지 한 개도 마저 싹을 틔우면 좋겠다.

20○○년 4월 28일
드디어 본잎이 나왔다.

맨 먼저 싹을 틔운 새싹의 두 잎 사이로 뾰족한 것이 나와 있었다.

"엄마, 꽃이 피려나 봐요."

나는 신기해서 소리쳤다. 내 말을 들으신 엄마가 웃으시면서 처음 나온 것은 '떡잎'이고 그 뒤에 나오는 뾰족한 것은 '본잎'이라고 말씀해 주셨다. 본잎이 자라야만 꽃을 볼 수 있다고 하셨으니, 꽃을 보려면 아직 많이 기다려야 하나 보다. 빨리 꽃이 피는 것을 보고 싶은데……

분석력 1. 이 관찰 일기에서 나팔꽃이 자라는 과정을 나타낸 그림을 보고, 자라는 순서에 맞게 번호를 써 보세요.

(1)

(2)

(3)

(   ) → (   ) → (   )

추리력 2. 보기 의 내용에 나타난 글쓴이의 느낌으로 알맞은 것을 두 가지 고르세요. (   )

> 보기
> 씨앗을 다섯 개 심었는데, 싹은 네 개만 나왔다. 나머지 한 개는 왜 싹을 안 틔울까? 나머지 한 개도 마저 싹을 틔우면 좋겠다.

① 무섭다.   ② 아쉽다.
③ 지루하다.   ④ 궁금하다.

논술 3. 글쓴이는 나팔꽃 싹을 보고 보기 와 같이 표현했습니다. 여러분이라면 어떻게 표현할지 생각하여 써 보세요.

> 보기
> 줄기 끝에 하트 모양의 잎 두 개가 손을 벌리고 있습니다.

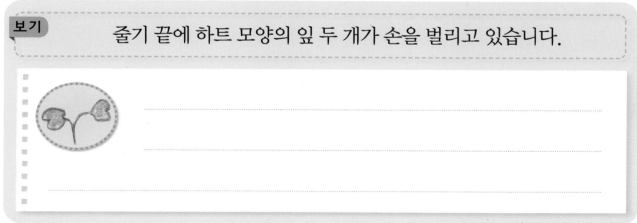

4주 3일
학습 끝!

붙임 딱지 붙여요.

20○○년 5월 20일 맑음
덩굴이 막대기를 감고 자랐다.

　지난 일요일 아침, 나팔꽃 줄기가 자라서 옆에 있는 치자나무 화분으로 가려는 것을 보았다.

　"아빠, 나팔꽃이 옆에 치자나무가 있는 것을 알았나 봐요. 덩굴을 감을 데가 없으니 그쪽으로 줄기를 뻗은 것 같아요."

　나는 신기하다는 생각이 들었다.

　"막대기를 꽂아 놓고 관찰해 보면 알 수 있겠지."

　아빠가 막대기를 꽂아 주며 말씀하셨다. 다음 날인 월요일 아침에 보니 치자나무 쪽으로 뻗었던 줄기가 어느새 막대기에 붙어 있었다. 나팔꽃이 머리가 좋다는 생각이 들었다.

　3일이 지난 목요일인 오늘 아침에 다시 보니 나팔꽃 덩굴은 시곗바늘이 가는 방향과 반대 방향으로 막대기에 덩굴을 감으며 올라가고 있었다.

1. 글쓴이가 관찰한 때와 관찰 내용을 알맞게 줄로 이어 보세요.

(1) 지난 일요일 •

(2) 월요일 •

(3) 목요일 •

• ㉠ 나팔꽃 줄기가 막대기에 붙어 있었다.

• ㉡ 나팔꽃 덩굴이 막대기를 감고 올라갔다.

• ㉢ 나팔꽃 덩굴이 옆의 치자나무 화분을 향했다.

2. 나팔꽃 덩굴이 어떻게 막대기를 감고 올라가는지 그림에 이어서 그려 보세요.

덩굴이 어느 방향으로 감아 올라간다고 했더라?

3. 글쓴이가 월요일에 나팔꽃이 머리가 좋다고 생각한 까닭은 무엇인지 보기 와 같이 써 보세요.

보기   치자나무 대신 가까운 곳에 막대기가 있다는 것을 알아차려서

127

20○○년 5월 28일
드디어 꽃봉오리를 맺었다.

나팔꽃아,

드디어 꽃봉오리를 맺었구나.

달팽이처럼 돌돌 말려 있는 꽃봉오리!

수줍게 모아진 꽃봉오리!

뾰족한 끝이 분홍색인 것을 보니 너는 분홍색 꽃을 피우겠지?

언제 활짝 필 거니?

20○○년 5월 30일
나팔꽃이 피었다!

드디어 나팔꽃이 피었다.

아침에 일어나 보니 나팔꽃이 활짝 피어 있었다.

색은 진분홍색이다. 정말 예쁘고 멋지다.

내가 심은 씨앗이 꽃을 피우다니!

지금까지 쭉 관찰을 해 왔으면서도 마치 기적같이 느껴진다.

또 한 가지, 밤에는 나팔꽃의 꽃봉오리가 모아진다는 것도 알게 되었다.

*※ **기적**: 상식으로 생각할 수 없는 이상하고 신기한 일.*

추리력 **1. 나팔꽃이 핀 모습과 관계있는 것끼리 줄로 이어 보세요.**

(1)

• ㉠ 아침

(2)

• ㉡ 저녁

분석력 **2. 다음 중 사실을 쓴 것에는 '사'를, 생각이나 느낌을 쓴 것에는 '생'을 써 보세요.**

(1) 정말 신기하다. (   )
(2) 색은 진분홍색이다. (   )
(3) 정말 예쁘고 멋지다. (   )
(4) 꽃봉오리를 맺었구나. (   )
(5) 마치 기적같이 느껴진다. (   )
(6) 나팔꽃이 활짝 피어 있었다. (   )

논술 **3. 글쓴이는 나팔꽃이 피어서 기적 같다고 하였습니다. 여러분이 기적 같다고 느꼈던 일은 무엇인지 보기 와 같이 써 보세요.**

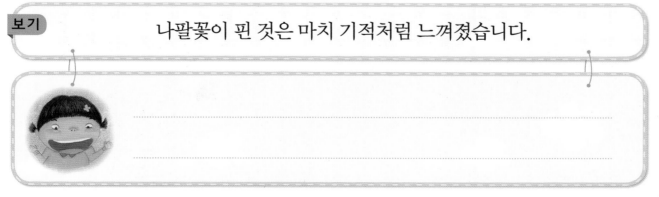

보기

나팔꽃이 핀 것은 마치 기적처럼 느껴졌습니다.

나팔꽃 관찰을 마치고

나팔꽃 씨앗을 심고 꽃 피는 모습을 관찰하면서 그동안 궁금했던 것들을 알게 되었다. 내가 알게 된 사실을 정리해 보았다.

첫째, 나팔꽃은 씨앗을 심은 지 일주일 정도 뒤에 싹을 틔운다.

둘째, 나팔꽃은 시곗바늘이 가는 방향과 반대로 덩굴을 감으며 자란다.

셋째, 나팔꽃은 아침 일찍 피고, 깜깜해지면 꽃봉오리가 입을 다문 것처럼 모아진다.

아쉬운 점 나팔꽃은 저녁에는 꽃봉오리가 모아져 있는데, 아침이 되면 활짝 피어 있는 것이 참 신기했다. 그래서 몇 시쯤에 모아진 꽃봉오리가 벌어지기 시작하는지, 몇 시쯤 활짝 피는지 꼭 관찰해 보고 싶었다. 하지만 하루 종일 관찰을 하는 일이 너무 어려워 포기하고 말았다. 그 점이 가장 아쉽다.

내년에는 꼭 하루 종일 관찰을 해서 나팔꽃의 비밀을 더 자세히 알아보고 싶다.

1. 글쓴이가 관찰을 통해 알게 된 내용이 <u>아닌</u> 것은 어느 것인가요?

( )

① 덩굴이 감기는 방향

② 나팔꽃이 활짝 피는 시각

③ 싹을 틔우는 데 걸리는 기간

 2. 다음 중 이 관찰 일기를 바르게 이해하지 <u>못한</u> 친구는 누구인가요? ( )

① 나팔꽃 덩굴은 시곗바늘이 가는 방향과 반대로 감기는구나.

② 나팔꽃에 막대기를 꽂아 주어야 한다는 것을 알았어.

③ 나팔꽃이 피는 것은 하루 중 시간과는 큰 관계가 없어.

3. 글쓴이는 나팔꽃을 관찰하면서 여러 가지를 배웠습니다. 내가 관찰 내용을 기록한다면 무엇을 관찰하고 싶은지 쓰고, 어떤 것이 알고 싶은지 보기 와 같이 써 보세요.

보기 (1) 관찰하고 싶은 것: 방울토마토

(2) 알고 싶은 것: 방울토마토가 열려 빨갛게 익는 기간

(1) 관찰하고 싶은 것:

(2) 알고 싶은 것 :

4주 4일
학습 끝!

붙임 딱지 붙여요.

1 '양파는 언제 싹이 날까?'를 보고, 양파를 키우며 관찰할 때 필요한 준비물은 어떤 것이 있는지 그림에서 모두 찾아 ◯표 하세요.

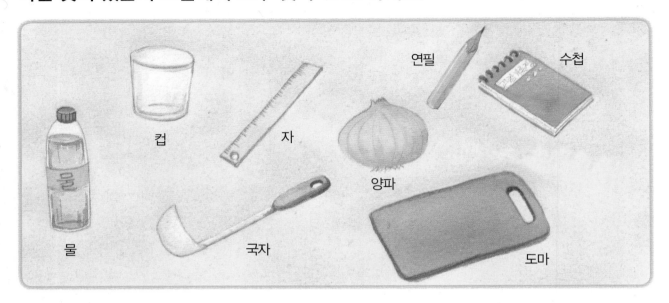

물   컵   자   국자   양파   연필   수첩   도마

2 다음 중 먼저 싹을 틔운 양파는 어느 것인지 ◯표 하세요.

(1)

동글동글하고 통통한 양파

(   )

(2)

약간 길고 작은 양파

(   )

3 글쓴이가 양파를 관찰하여 기록한 순서대로 번호를 써 보세요.

(1) 뿌리가 나온다.
(2) 세 개의 싹이 나온다.
(3) 한 개의 연두색 싹이 나온다.
(4) 노랗게 휘어진 싹을 잘라 준다.

(   ) → (   ) → (   ) → (   )

4 '나팔꽃 키우기'에서 글쓴이가 나팔꽃을 관찰한 내용을 순서대로 간단히 정리한 것입니다. 그림과 함께 들어갈 글로 알맞은 내용을 빈칸에 간단히 써 보세요.

4월 10일

나팔꽃 씨앗을 심음.

4월 18일

나팔꽃 씨앗이 새싹을 틔움.

4월 22일

(1)

4월 28일

(2)

5월 20일

막대기를 꽂아 주자 덩굴이 막대기를 감고 자람.

5월 28일

(3)

5월 30일

(4)

133

궁금해요

관찰 기록문에 대해 알아보아요

1 관찰 기록문이란 무엇일까요?

관찰 기록문이란 관심 있는 대상을 관찰하고 쓴 글이에요. 주로 식물이나 동물을 관찰하고 쓰지요. 대표적인 관찰 기록문으로 파브르의 "곤충기", 시턴의 "동물기" 등이 있어요.

2 관찰 기록문은 왜 쓸까요?

관찰을 하다 보면 어렴풋이 알았던 것, 잘 몰랐던 것들을 확실히 알게 되어요. 그러한 관찰 과정을 잘 기록해 두면 나중에 궁금했던 점들을 찾아서 확인해 볼 수 있어요. 시간이 지나면 관찰했던 사실과 자신의 느낌을 잊기 쉬우므로 꼭 관찰 기록문을 쓰도록 해요.

관찰 기록문을 써 두면 관찰한 내용을 한눈에 볼 수 있어.

3 관찰 기록문은 어떻게 쓸까요?

❶ 관찰을 시작하기 전

무엇을, 왜 관찰하는지 관찰할 대상과 그 목적을 정해야 해요.

예를 들어, 방울토마토를 관찰하기로 정했다면 방울토마토를 관찰하면서 알고 싶은 점을 미리 생각해 두어요. 방울토마토는 싹이 튼 지 며칠이 지나야 꽃이 피고 열매가 열리는지, 열매의 크기는 얼마나 되는지 등 궁금한 점을 정리해 두는 것이지요. 그리고 변하는 모습을 그때그때 정리할 수 있도록 필기도구를 준비하세요.

❷ 관찰을 할 때

관찰은 매일, 같은 시간에 꾸준히 해야 해요. 그래서 주로 일기 형식으로 쓰면 좋아요. 정확하게 관찰하고 기록하기 위해 관찰 대상에 따라 알맞은 관찰 도구를 준비해야 해요. 길이를 잴 때 필요한 자, 기록을 할 때 필요한 연필과 수첩, 그림으로 기록할 때 필요한 색연필, 그밖에도 돋보기, 사전과 도감 등이 필요해요. 사진을 찍어서 기록해도 좋아요.

❸ 관찰을 끝내고 나서

관찰을 마치고 관찰 결과와 소감, 아쉬운 점 등을 적어요. 관찰 결과는 한눈에 보기 좋게 표나 그래프 형태로 나타내면 좋아요. 소감은 관찰 시작 전의 궁금증이 풀렸는지, 새로 알게 된 사실은 무엇인지 등을 쓰면 돼요.

관찰 결과를 정리하고 반성해 보는 것도 중요해요.

✏️ 관찰 기록문을 잘 쓰려면 어떻게 해야 할지 보기 와 같이 써 보세요.

보기 관찰 사실을 정확하게 기록합니다.

내가 할래요

눈으로 관찰하여 기록해 봐요

관찰 기록문을 잘 쓰기 위해서는 매일매일 꾸준히 관찰하는 것도 중요하지만, 관찰 대상의 모습을 꼼꼼히 잘 살펴보는 것도 무척 중요해요. 그래야 관찰 대상의 변화를 잘 알아챌 수 있지요. 다음을 보고, 대상을 꼼꼼히 살펴보고 기록하는 연습을 해 보아요.

1 방울토마토를 관찰하여 써 보아요

잎과 가지는 고운 초록색이고, 노란색 꽃이 여섯 송이 피었습니다. 그중 한 송이는 활짝 피었습니다. 양쪽으로 새빨갛고 탐스러운 방울토마토가 두 개 달렸습니다.

2 개미를 관찰하여 써 보아요

온몸이 검은색입니다. 몸은 머리, 가슴, 배의 세 부분으로 이루어져 있습니다. 머리에는 긴 더듬이가 붙어 있고, 다리는 모두 여섯 개입니다.

4주
학습 끝!

확인할 내용	잘함	보통임	부족함
1. 이번 주 학습을 5일(월요일~금요일) 안에 끝마쳤나요?			
2. 관찰 기록문을 쓰는 과정을 잘 이해하였나요?			
3. 관찰 계획을 세우고 관찰 기록문을 쓸 수 있나요?			
4. 계획을 세우고 실천한 뒤 반성할 수 있나요?			

관찰 대상을 정해 사진을 붙이고 생김새를 관찰해 쓰세요.

(1) 관찰 대상:

(2) 관찰 대상의 사진

(3) 관찰 내용:

4주 5일
학습 끝!

전하는 말

1주 세모산 솔이

> 📵 산토끼, 다람쥐, 상수리나무

> 1 (2) ○ (3) ○ 2 ① 3 📵 심심할 때 / 친구
> 와 학교에 갈 때

2 소나무는 잎이 뾰족하고 사계절 늘 푸른 나무
입니다.

3 나는 언제 노래를 부르는지, 등장인물의 마
음을 생각하며 나의 경험을 떠올려 봅니다.

> 1 (1) ○ (2) ○ 2 ① 3 📵 재미있는 책을 읽
> 을 때

1 토실이가 이야기한 '괴물'은 자동차입니다.

2 공장은 재료를 가공해 생산해 내는 곳입니
다. ②와 ③의 자동차나 장난감은 공장에서
생산합니다. ①의 벼는 논에서 기릅니다.

3 '시간 가는 줄 모른다.'라는 말은 몹시 바쁘거
나 어떤 일에 열중하여 시간이 어떻게 지났는
지 알지 못하는 것을 말합니다.

> 1 (1) 이틀 (2) 나흘 (3) 닷새 2 ② 3 📵 (1)
> 땅이나 물에 흘러 들어가서 오염시킵니다. / 매
> 운 연기가 공기를 오염시킵니다.   (2) 우리가
> 숨 쉬는 공기를 오염시킵니다.

1 공장에서 나오는 썩은 물인 폐수는 흙과 물
을, 공장의 매연은 공기를, 자동차의 배기가
스는 공기를 오염시키는 원인이 됩니다.

> 1 (2) ○ 2 ①, ③ 3 📵 오소리가 달리는 자동
> 차에 치여 다리를 다쳤대요. 그래서 더는 살기
> 힘들다고 세모산을 떠나 이사를 갑니다. 여러
> 분도 조심하세요.

1 산비둘기는 오소리가 자동차에 치여 다리를
다쳤고 세모산에서 살기가 힘들어서 이사를
간다는 소식을 솔이에게 전해 주었습니다.

> 1 ③ 2 ③ 3 📵 목이 마르면 계곡에 가서 스
> 스로 물을 마실 것입니다.

2 토실이는 공장에서 내보내는 썩은 물과 자동
차의 배기가스 때문에 살 수 없어서 이사를
가려고 합니다.

> 1 ② 2 ① 3 📵 자연을 파괴하면 언젠가는
> 그 벌을 받을 거예요.

2 자연을 훼손하며 개발을 하면 당장은 이익을
얻을 수 있지만, 자연이 파괴되면 동식물은
물론 사람도 결국 살 수 없게 될 것입니다.

> 1 (2) ○ 2 ① 3 📵 나는 밤에 혼자 있는 것이
> 무섭습니다.

1 (1)의 톱과 (3)의 도끼는 나무를 베는 데 쓰는 도구이고, (2)의 대패는 나무를 매끄럽게 다듬을 때 쓰는 도구입니다.

2 ②의 '와들와들'은 춥거나 무서워서 몸을 잇따라 아주 심하게 떠는 모양을, ③의 '주룩주룩'은 굵은 물줄기나 빗물 등이 빠르게 자꾸 흐르거나 내리는 소리를 흉내 내는 말입니다.

3 내가 평소에 무서워하는 것은 무엇인지 떠올려 솔직하게 써 봅니다.

1주 27쪽

1 ① **2** ③ **3** 예 길이 끊기면 학교에 갈 수 없습니다. / 필요한 물건을 구하기가 힘들어집니다.

3 흙더미가 길을 막고 있으면 그것을 다 걷어 내기 전에는 사람들이 다니기 어렵습니다. 다닐 수 없어서 불편한 점을 써 봅니다.

1주 29쪽

1 ③ **2** (3) ○ **3** 예 눈이 뱅뱅 도는 듯 어지럽습니다. (예시 그림 생략)

1 식물은 뿌리를 통해 땅속의 물을 빨아들여 줄기와 잎으로 보내 줍니다. 뿌리가 물을 빨아들이지 못하면 자연히 시들게 됩니다.

1주 31쪽

1 (1) ○ (2) ○ **2** 화분 **3** 흙, 물

1 나무나 풀이 살기 위해서는 햇빛과 물, 흙이 있어야 합니다.

1주 33쪽

1 ③ **2** (1) ○ **3** 예 세모산 친구들이 떠나 외로운 데다가 산사태로 죽을 뻔하며 고생 많았지? 이젠 새 친구들을 만나 더 행복해지렴! 소민이가

1 따옴표로 된 문장을 원고지에 옮겨 쓸 때는 첫 칸은 모두 띄우며, 글자와 문장 부호는 한 칸에 같이 쓰지 않습니다. 느낌표나 물음표는 따옴표와 같은 칸에 쓰지 않지만, 느낌표나 물음표를 쓴 다음 원고지 칸이 없으면 따옴표를 문장 부호와 함께 쓸 수 있습니다.

1주 35쪽

1 ③ **2** 예 화분 / 강아지 **3** 예 솔이는 수돗가 친구들과 즐겁게 지내다, 어느새 큰 소나무가 되었습니다. 그래서 할머니는 집 앞 마당에 솔이를 다시 심어 주었습니다. 그 뒤 솔이는 집에 오는 손님을 가장 먼저 맞는 이가 되었답니다.

2 '말 덧붙이기 놀이'를 할 때에는 앞의 사람이 한 말을 잘 기억해 두어야 하며, 상황에 알맞은 말을 할 수 있어야 합니다.

1주 36~37쪽   되돌아봐요

1 (3), (4), (1), (5), (2), (6) **2** 해설 참조 **3** (1) 물 (2) 공기 (3) 보금자리 **4** 예 안녕? 그동안 잘 지냈니? 병은 나았는지 궁금해. 토실아, 나도 이사를 했단다. 사람들이 세모산을 깎아 버려서 난 고향을 잃어버렸어. 하지만 지금은 마을의 할아버지 집에서 새 친구들과 살고 있어. 그럼 건강하게 잘 지내고 한번 놀러 오길 바랄게. 안녕! 20○○년 ○○월 ○○일

2

1주 38~39쪽 궁금해요

1 책상, 필기구, 종이 등을 만드는 재료로 쓰입니다. / 더울 때 그늘이 되어 줍니다. / 아름다운 경치를 보게 해 줍니다. **2** (1) ○ (2) ○ (3) ○

2 일상생활 속의 작은 행동으로도 환경 보호를 실천할 수 있습니다. 쓰레기를 함부로 버리지 않고, 일회용품을 적게 쓰는 등 생활 속에서 환경 보호를 실천할 수 있는 방법을 생각해 봅니다.

1주 40~41쪽 내가 할래요

● 해설 참조

● 고마운 마음이 잘 드러나도록 편지를 써 봅니다.

고마운 나무에게

예 나무야, 고마워! 나 소년이야.
내가 어려울 때 열매를 주고, 집이 필요할 때에는 가지를 주고, 그러다 결국 모든 것을 다 내주다니 정말 고마워! 뒤늦게야 너의 사랑을 깨달았단다.
이제부터는 내가 너를 아끼고 사랑해 줄게.
20○○년 ○○월 ○○일
소년이

2주 꿀벌 마야의 모험

2주 43쪽 생각 톡톡

예 악당, 표류, 뱀, 나침반, 요정

2주 45쪽

1 (1) ○ (2) ○ (3) ○ **2** ② **3** 예 부모님께서는 언제나 윗사람에게 예의 바르게 행동하라고 가르쳐 주십니다.

2 '가르치다'는 지식 등을 깨닫거나 익히게 하는 것을 말합니다. 방향을 알려 줄 때에는 '가리키다'를 써야 합니다.

2주 47쪽

1 ③ **2** ② **3** 예 꿀벌 도시: 가족들이 있습니다. / 바깥세상: 많은 경험을 할 수 있습니다.

2 새끼를 낳아 젖을 먹여 기르는 것은 사람을 비롯한 포유동물입니다.

3 각 장소에서 살아가기에 좋은 점을 생각나는 대로 써 봅니다.

2주 49쪽

1 ③ **2** ② **3** 예 참 아름다운 꽃이죠? 이 꽃은 장미라고 해요.

2 꽃무지는 꽃무짓과의 곤충입니다.

3 누군가와 이야기를 할 때에는 상대방의 기분을 생각하고 배려하여야 합니다.

1 ③ 2 (1) 쇠파리 (2) 소년들 3 예 잠자리
야! 내가 네 날개를 뜯어서 미안해. 네 날개가
예쁘고 신기해서 현미경으로 보려고 그랬어.
다음부터는 안 그럴게. 용서해 줘!

3 사과하는 말이나 글을 쓸 때에는 자신의 잘
못을 인정하고 용서를 구하는 마음을 담아
야 합니다.

1 ② 2 ③ 3 예 마야야, 구해 줘서 고마워!
네가 아니었으면 큰일 날 뻔했어.

2 쇠똥구리는 16밀리미터 정도 되는 크기의 곤
충으로, 소나 말 등의 똥을 둥글게 빚어서 땅
속 굴로 가져가 알을 낳고 애벌레의 먹이로
씁니다. '쇠똥'은 소의 똥을 말합니다.

3 몸이 뒤집힌 쿠르트는 아무리 애를 써도 일어
설 수 없게 되자 다 끝났다고 생각했습니다.
그러다가 마야의 도움으로 일어섰으니, 마야
가 고마웠을 것입니다.

1 ③ 2 (1), (3), (4), (2) 3 예 (1) 은혜를 갚을 줄
압니다. (2) 거짓말을 잘합니다.

1 거미는 거미줄에 걸린 마야가 버둥거리면 거
미줄에서 떨어질까 봐 풀어 준다고 말한 것입
니다.

3 쇠똥구리 쿠르트는 은혜를 잊지 않고 보답했
으며, 거미는 거짓말을 하며 이익을 얻으려고
했습니다.

1 ① 2 해설 참조 3 예 한니발은 배가 고파
서 마야를 잡아먹을 생각으로 찾아왔을 것입
니다.

2 꿀벌은 배 끝에 달린 독침으로 자신을 지킵
니다. 거미가 뽑아내는 거미줄은 진득진득하
여 달라붙으면 잘 떨어지지 않습니다.

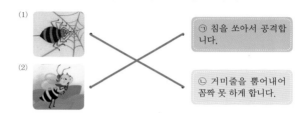

(1)   ㉠ 침을 쏘아서 공격합
니다.

(2)   ㉡ 거미줄을 뽑아내어
꼼짝 못 하게 합니다.

1 ② 2 ③ 3 예 사람은 어려운 이웃을 도울
때 가장 아름답습니다.

3 '아름다움'에는 생긴 모습이 예쁜, 눈에 보이
는 아름다움도 있지만 사랑하는 것과 같이
눈에 보이지 않는 아름다움도 있습니다.

1 ③ 2 ② 3 예 잠자리를 불러 소식을 전하
도록 부탁합니다.

1 "우리 여왕님은 죽은 꿀벌보다 싱싱한 꿀벌을
좋아하시지."라는 말에서 알 수 있습니다.

2 강하고 딱딱한 몸을 두꺼운 갑옷에 빗대어
표현했습니다.

3 자신이 직접 갈 수 없다면 어떻게 소식을 전
해야 할지 생각하여 방법을 찾아봅니다.

2주 63쪽

1 ② 2 ① 3 예 말벌이 사는 곳을 사람들에게 미리 알려 주어 없애게 합니다.

2 마야가 추위를 느꼈지만 꾹 참았다는 점에서, 꿀벌들이 기온의 영향을 받는다는 것을 짐작할 수 있습니다.

3 힘이 약한 집단이 강한 집단에 맞서 싸울 수 있는 방법을 자유롭게 생각해 봅니다.

2주 65쪽

1 (1), (3), (2) 2 (1) ○ (2) ○ (3) ○ 3 예 계획을 엿들은 마야를 혼내 주기 위해 찾아다녔을 것입니다.

2 마야의 용기와 여왕의 작전, 꿀벌들의 똘똘 뭉친 힘으로, 꿀벌들은 힘이 센 말벌들을 이길 수 있었습니다.

2주 67쪽

1 ③ 2 해설 참조 3 예 항상 거미줄을 조심해야 해. / 사람들은 사랑을 할 때 가장 아름답단다.

2

(1) 꿀벌 (2) 말벌

㉠ 꿀을 훔쳐 먹거나 다른 곤충을 잡아먹으며 생활합니다.

㉡ 꽃의 꿀을 모아 집에 저장하고 여럿이 모여 생활합니다.

3 마야가 바깥세상에서 겪은 일들을 떠올려 봅니다.

2주 68~69쪽 되돌아봐요

1 해설 참조 2 해설 참조 3 예 꽃의 요정님! 저는 강아지를 좋아해요. 저를 잘 따르는 귀여운 강아지 한 마리를 제게 보내 주세요. / 우리 반에서 가장 착하고 똑똑한 민경이와 단짝 친구가 되게 해 주세요.

1

2

(1) 잠자리 (2) 꿀무지 (3) 꽃의 요정 (4) 쇠똥구리 쿠르트

① 마야의 소원을 들어주었습니다.
② 마야를 거미에게서 구해 주었습니다.
③ 날개를 뜯는 소년의 이야기를 해 주었습니다.
④ 마야에게 모르는 것이 많다고 말했습니다.

㉠ 깜짝 놀랐고 믿을 수 없었습니다.
㉡ 진심을 담아 감사의 인사를 했습니다.
㉢ 예의 바르지 못하다고 생각했습니다.
㉣ 사람은 사랑할 때 아름답다는 것을 알았습니다.

3 평소에 갖고 싶거나 하고 싶었던 것을 자유롭게 써 봅니다.

2주 71쪽 궁금해요

✏️ 예 개미

1 해설 참조　2 1번 답 참조

1 예

2 만화를 구성할 때에는 주제에 맞는 내용을 생각해 보고, 그 이야기가 자연스럽게 연결되도록 각 장면의 그림과 말을 구성합니다.

3주 파브르 곤충기 - 송장벌레 편

3주 75쪽　　　생각 톡톡

예 사체(송장)를 청소하기 때문에

3주 77쪽

1 ③　2 (1) 파리　(2) 개미　(3) 송장벌레　(4) 풍뎅이　3 예 깨끗하게 해 주는 말끔한 곤충

1 겨울에 움츠렸던 동물들은 날씨가 따뜻해지는 봄이 되면 활동을 시작합니다.

3 '들판을 청소해 주는 청소부'는 파브르가 곤충들이 하는 일에 빗대어 붙인 별명입니다. 하는 일에 어울리는 별명을 붙여 봅니다.

3주 79쪽

1 (3) ○　2 (2) ○　(4) ○　3 예시 그림 생략

1 파브르는 유명한 곤충학자의 글에서, 송장벌레는 쥐와 같은 큰 먹이는 다른 송장벌레들과 함께 옮겼다고 읽었습니다.

3 글과 그림을 바탕으로 송장벌레를 직접 그려 봅니다.

3주 81쪽

1 ③　2 ②　3 예 괴상한 사람이군. 죽은 두더지를 무엇에 쓰려고 하는 걸까?

2 파브르는 송장벌레를 관찰하려고 두더지 사체를 나무 아래에 둔 것입니다.

3 동물 사체는 파브르에게 훌륭한 실험 도구입니다. 농부는 이것을 모르므로 어리둥절한 표정을 지은 것입니다.

3주 83쪽

1 ②　2 (2), (3), (1)　3 예 사체 주변이 더러워지지 않을 것입니다.

2 송장벌레가 먹잇감 아래로 땅을 파고들어 가면, 먹잇감이 땅속으로 들어가 결국 밀려 나온 흙이 먹잇감 위를 점점 덮게 됩니다.

3 송장벌레는 먹이가 되는 사체를 다른 경쟁자에게 빼앗길까 봐 땅속에 묻는 것입니다. 사체를 그대로 놔두면 썩으면서 끔찍한 냄새를 풍기는데, 송장벌레가 사체를 땅속에 묻어 줌으로써 다른 동물들은 깨끗한 환경에서 활동할 수 있습니다.

3주 85쪽

1 (1) ㉠ (2) ㉢ **2** 예 송: 송아지는 동물이고 /
장: 장미는 식물이고 / 벌: 벌은 곤충이고 / 레:
레몬은 과일입니다. **3** 예 가족과 함께 먹이를
나누어 먹습니다.

1 짝짓기를 하는 것은 다른 수컷 곤충과 같은
점이지만, 송장벌레는 다른 수컷 곤충과 달
리 짝짓기를 한 후에 다른 곳으로 떠나지 않
고 새끼들의 먹이를 준비합니다.

2 4행시는 네 개의 행으로 이루어진 시로, 네
자로 된 단어의 각 글자를 행의 맨 처음에 두
어 시를 짓는 활동입니다.

3주 87쪽

1 ③ **2** (2) ○ **3** 예 (1) 무거워서 다니기 불편
해. (2) 다른 먹이를 먹을 수 없어.

1 이레는 7일을, 열흘은 10일을 뜻하는 우리말
입니다.

2 종류가 다른 생물이 서로에게 이익을 주면서
함께 사는 관계를 '공생'이라고 말합니다.

3 자신이 송장벌레와 진드기라면 어떤 점이 좋
고, 불편할지 생각해 봅니다.

3주 89쪽

1 ③ **2** ③ **3** 예 꿀벌은 꽃가루를 몸에 묻혀
서 옮깁니다.

2 송장벌레의 행동을 관찰한 파브르는 '이 정도
는 다른 곤충들도 할 수 있지.'라고 생각했습
니다.

3 개미나 꿀벌 등 다른 곤충의 생활을 알아봅
니다.

3주 91쪽

1 ③ **2** ① **3** 예 어서 먹잇감을 묻어야 되는
데 왜 이렇게 안 파지지?

1 파브르는 송장벌레가 여러 상황에서 먹이를
어떻게 옮기는지 알아보려고 실험과 관찰을
하고 있습니다.

3주 93쪽

1 ② **2** ② **3** 예 파브르는 실험과 관찰을 통
해 사실을 확인해 보려고 합니다.

2 낮 1시에 마무리된 일인데 6시간이 걸렸다고
했으므로, 시계의 반 바퀴가 돈 것입니다.

3 파브르는 유명한 곤충학자의 주장을 그대
로 믿지 않고 오랜 시간 동안 송장벌레를 직
접 관찰하고 실험하면서 사실을 확인해 보
려고 했습니다. 이를 통해 배울 점을 생각해
봅니다.

3주 95쪽

1 ③ **2** ② **3** 예 분하다! 다음번에는 꼭 먹고
말 거야!

2 송장벌레들은 두더지를 땅에 떨어뜨리려고
일주일 동안이나 노력했지만 두더지는 땅에
떨어지지 않고 말라 갔습니다.

3 오랜 시간 노력했지만 원하는 대로 되지 않았
을 때의 기분을 생각하며 자유롭게 써 봅니다.

1 ② 2 (1) ○ 3 예 학자님께서 송장벌레가 생각하는 곤충이라고 하셨는데, 제가 관찰해 보니 송장벌레들은 먹이를 먹기 위해서 같은 동작만 반복했습니다. 책의 내용을 고쳐 주시기 바랍니다. 20○○년 ○○월 ○○일

1 파브르는 철망으로 만든 상자가 간단한 것이어서 송장벌레가 스스로 생각하는 곤충이라면 빠져나갈 수 있으리라고 여겼습니다.

1 ③ 2 ①, ③ 3 예 안녕하세요? 저는 2학년 슬찬이에요. 저는 파브르 님이 하찮은 송장벌레를 가지고 일주일 넘게 관찰하고, 다른 방법으로 여러 실험을 할 때 대단하다고 느꼈어요. 그리고 새로운 사실을 발견했을 때는 정말 존경하게 되었답니다. 저도 새로운 것을 공부할 때에는 꼭 확인을 할게요. 20○○년 ○○월 ○○일 이슬찬

1 들짐승은 대부분 살아 있는 짐승을 잡아먹고 삽니다. 죽은 사체는 썩고 끔찍한 냄새를 풍겨서 환경에 좋지 않은 영향을 줍니다.

1 ①, ③, ②, ⑤ 2 (1) ○ 3 해설 참조

2 송장벌레와 진드기 같은 '공생' 관계의 예로, 악어와 악어새가 있습니다. 악어는 악어새와 살면서 이빨을 청소하게 하고, 악어새는 악어의 이빨에 낀 먹이를 먹으면서 서로 돕고 삽니다.

3 번호 순서대로 길을 따라가면, 송장벌레가 알을 낳아 키우는 과정을 알 수 있습니다.

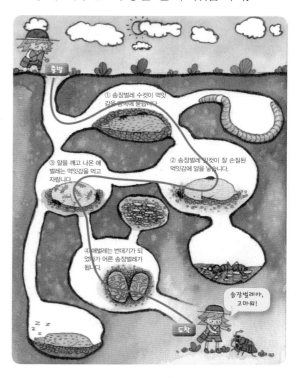

🖊 예 나뭇잎벌레에 대해 알아보고 싶습니다. 나뭇잎과 똑같이 생긴 나뭇잎벌레의 한살이가 궁금합니다.

예 꿀벌 (1) 사진 생략 (2) 꿀벌은 여왕벌을 중심으로 집단생활을 합니다. / 꿀을 발견하면 춤을 추어 알립니다. (3) 자신보다 집단을 위해 희생하는 꿀벌의 모습이 대단해 보였습니다.

● 내가 궁금해하는 곤충을 하나 골라, 책이나 인터넷 등을 이용해 그 곤충에 대해 조사해 봅니다. 그리고 곤충에 대해 알게 된 사실, 특징 등을 쓰고 그에 대한 내 느낌을 함께 써 봅니다.

4주 관찰 기록문을 써 봐요

예 선인장 / 고양이

1 (1) ○ (3) ○ 2 ③ 3 예 (1) 양파 (2) 글쓴이의 방 (3) 두 개의 양파를 투명한 컵에 넣고 물을 넣어 주었습니다. 동글동글하고 통통한 양파는 **1**번, 약간 길고 작은 양파에는 **2**번의 번호를 붙여 주었습니다.

3 양파에 번호를 붙여 준 것은 구별을 쉽게 하기 위해서입니다. 그리고 관찰한 내용을 쓸 때에도 편리합니다.

1 ③ 2 ③ 3 해설 참조

1 5월 4일 일기와 5월 5일 일기 모두 관찰 시간과 관찰한 사실(**1**번은 양파를 담가 놓은 물의 색깔을, **2**번은 양파 뿌리의 색깔)을 적었습니다. 그런데 5월 5일 일기는 관찰한 사실을 다른 대상(할아버지 수염)에 빗대어 더욱 자세하게 썼습니다.

3 5월 5일 일기는 양파의 변화를 할아버지의 수염과 얼굴에 빗대어 표현한 점이 재미있습니다. 관찰 내용을 토대로 동시의 제목과 내용을 써 봅니다.

예 제목: 양파와 할아버지

양파 뿌리는 할아버지 수염
양파 껍질은 할아버지 누런 얼굴
양파를 보면 할아버지가 보고 싶어요.

1 ② 2 ① 3 예 **2**번 양파가 더 빨리 자라기 때문에 더 많은 물이 필요했을 것입니다.

1 하루는 24시간입니다. 6일 관찰 시간은 저녁 9시이고, 8일 관찰 시간은 저녁 8시입니다.

2 자로 재어 보니, 양파의 뿌리가 3센티미터와 5센티미터씩 자랐다고 했습니다.

3 식물이 자라는 데에 물이 필요하다는 사실과 연관 지어 생각해 봅니다.

1 (1) 3 (2) 10 (3) 7 2 ③ 3 예 (1) 가장 긴 싹이 2센티미터에서 3센티미터로 1센티미터 자랐습니다. (2) 가장 긴 싹이 9센티미터에서 10센티미터로 1센티미터 자랐습니다.

3 두 일기에서 가장 큰 관찰은 양파 싹의 길이의 변화입니다. 싹의 길이 차이를 중심으로 생각하여 봅니다.

1 (1) ○ (2) ○ 2 해설 참조 3 예 먼저 자란 것이 끝까지 잘 자라는 것이 아니라는 사실을 알았습니다.

1 글쓴이는 양파의 모습을 눈으로 보다가 뿌리가 나오면서 자로 재어 길이를 살펴보았습니다. 그런데 5월 16일에는 양파를 만져 느낌을 비교했고, 5월 18일에는 곧 떨어질 것 같은 양파의 싹을 잘라 보았습니다.

2

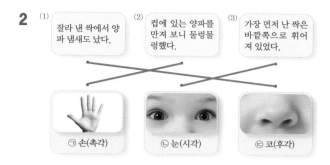

(1) 잘라 낸 싹에서 양파 냄새도 났다.
(2) 컵에 있는 양파를 만져 보니 물렁물렁했다.
(3) 가장 먼저 난 싹은 바깥쪽으로 휘어져 있었다.

㉠ 손(촉각) ㉡ 눈(시각) ㉢ 코(후각)

2 나팔꽃을 심은 것은 4월 10일이었고, 며칠이 지나 싹을 틔울 때 다시 관찰 일기를 쓴 날짜는 4월 18일입니다.

3 사람에게 말하듯 식물에게 내 마음을 표현해 봅니다.

4주 119쪽

1 해설 참조 **2** ① **3** 예 곤충이 잘 지낼 수 있는 집을 만들어 주어야 합니다.

4주 125쪽

1 (3), (1), (2) **2** ②, ④ **3** 예 나팔꽃의 줄기가 나를 안으려는 듯 팔을 벌리고 있습니다.

1

(1) 1번 양파 ── ㉠ 싹이 늦게 나왔지만, 튼튼하게 자랐다.
(2) 2번 양파 ── ㉡ 싹이 먼저 나왔지만, 가늘고 힘이 없었다.

1 지금까지의 관찰 일기의 그림을 살펴봅니다. 나팔꽃은 씨앗을 심으면 새싹(떡잎)이 나고, 뒤에 본잎이 나는 과정으로 자랍니다.

3 사람의 모습을 사물에 빗대어 표현하거나 사물을 사람인 듯 실감 나게 표현해 봅니다.

3 곤충은 식물과 달리 한자리에 있지 않으므로 움직일 수 있는 공간을 만들어 주고, 물과 먹이 등을 규칙적으로 주면서 관찰해야 합니다.

4주 127쪽

1 해설 참조 **2** 예시 그림 생략(해설 참조) **3** 예 감고 올라갈 만한 것을 스스로 찾아내기 때문에

4주 121쪽

1 ② **2** ③ **3** 예 나팔꽃의 색깔은 어떤 색들이 있나? / 나팔꽃은 하루 중 언제 피나?

3 여러분이 알고 싶은 것을 적어 나팔꽃에 대해 미리 생각해 봅니다.

1

(1) 지난 일요일 ㉠ 나팔꽃 줄기가 막대기에 붙어 있었다.
(2) 월요일 ㉡ 나팔꽃 덩굴이 막대기를 감고 올라갔다.
(3) 목요일 ㉢ 나팔꽃 덩굴이 옆의 치자나무 화분을 향했다.

2 덩굴이 시계 반대 방향으로 막대기를 감고 올라갔다고 하였습니다. 덩굴을 시계 반대 방향으로 이어서 그려 봅니다.

4주 123쪽

1 ③ **2** (1) 씨앗 (2) 18 (3) 8 **3** 예 나팔꽃들아, 예쁜 꽃을 피워 줘. 친구들에게 너의 모습을 보여 주고 싶어.

3 나팔꽃이나 담쟁이덩굴, 칡과 같은 식물은 줄기가 약해서 혼자 서지 못하고 다른 식물이나 사물을 감고 올라갑니다.

1 해설 참조　**2** (1) 생　(2) 사　(3) 생　(4) 사
(5) 생　(6) 사　**3** 예 운동을 잘 못하는 내가 줄
넘기를 하게 된 일은 기적 같은 일입니다.

1

(1) ─ ㉠ 아침
(2) ─ ㉡ 저녁

2 '사실'은 있는 그대로의 모습으로 누구나 같게
생각하는 것이고, '생각'이나 '느낌'은 말하는
사람에 따라 달라질 수 있는 것입니다.

3 '기적 같다'는 말은 가능하지 않을 것으로 생
각되었던 일이 실제로 일어났을 때 쓰는 표현
입니다.

1 ②　**2** ③　**3** 예 (1) 고추　(2) 고추의 색깔이
변하는 과정을 알고 싶습니다.

1 글쓴이는 나팔꽃 봉오리가 몇 시에 벌어지기
시작해서 몇 시쯤 활짝 피는지 관찰하지 못
한 것을 아쉬워하고 있습니다.

3 다른 관찰 기록문을 참고하여, 내가 쓸 관찰
기록문을 계획해 볼 수 있습니다. 내가 관찰
하고 싶은 것과 그것을 통해 알고 싶은 것을
생각해 봅니다.

1 해설 참조　**2** (2) ○　**3** (1), (3), (2), (4)　**4** 예
(1) 네 개의 씨앗에서 싹이 틈.　(2) 떡잎 사이로
본잎이 나옴.　(3) 꽃봉오리가 맺힘.　(4) 진분
홍색 나팔꽃이 활짝 핌.

1

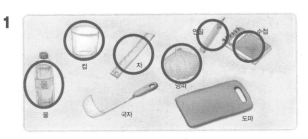

물　컵　자　연필　수첩
국자　양파　도마

4 앞서 읽은 관찰 일기의 내용을 돌이켜 보고,
그림 속 나팔꽃의 모습을 함께 살펴 정리해
봅니다.

✎ 예 매일매일 꾸준히 관찰 내용을 기록합니
다. / 관찰 결과에 대한 소감과 아쉬운 점을 기
록합니다.

● 관찰 기록문은 사실을 정확하고 자세하게 기
록하고, 관찰의 과정과 결과에 대한 생각이
나 느낌이 잘 드러나게 써야 합니다.

● 해설 참조

● 직접 관찰한다는 생각으로 사진을 자세히 살
펴보고 색깔과 모양, 특징 등을 자세하게 적
어 봅니다.

(1) 관찰 대상: 예 꿀벌

(2) 관찰 대상의 사진 예

(3) 관찰 내용: 예 머리, 가슴, 배의 세 부분으로 이루
어져 있고, 배에는 노란색 줄무늬가 있습니다.
두 개의 작은 더듬이가 있고 투명하고 길쭉한
날개가 있습니다. 몸에 털이 나 있습니다.

5권 구매 등록마다 선물이 팡팡!

세토 시리즈
래빗 포인트

★★ 래빗 포인트 적립하기

🐰 **포인트 번호**

5XJ3-1J60-7BQO-UB10

 **래빗 포인트란?**

NE능률 세토 시리즈 교재 구매 시
혜택을 드리는 포인트 제도입니다.
1권 당 1P가 적립되며, 5P 적립마다
경품으로 교환 가능합니다.
(시리즈 3종 포함 시 추가 경품 증정)

 포인트 적립 방법

1 세토 시리즈 교재 구입
2 래빗 포인트 적립 페이지 접속
   (QR코드 스캔)
3 NE능률 통합회원 로그인
4 포인트 번호 16자리 입력

 포인트 적립 교재

- 세 마리 토끼 잡는 독서 논술
- 세 마리 토끼 잡는 초등 독해력
- 세 마리 토끼 잡는 급수 한자
- 세 마리 토끼 잡는 초등 어휘
- 세 마리 토끼 잡는 역사 탐험
- 세 마리 토끼 잡는 초등 한국사
- 세 마리 토끼 잡는 쓰기

★ 포인트 유의사항 ★
- 이름, 단계가 같은 교재의 래빗 포인트는 1회만 적립 가능하며, 포인트 유효기간은 적립일로부터 1년입니다.
- 부당한 방법으로 래빗 포인트를 적립한 경우 해당 포인트의 적립을 철회하고 서비스 이용을 제한할 수 있습니다.
- 래빗 포인트에 관한 자세한 사항은 래빗 포인트 적립 페이지 맨 하단을 참고해주세요.

NE능률